德国柏林白加孟博物馆

THE **B** ULE GALLERY

翟宗祝 编著

西方美术史丛书

蓝色画廊远古之谜

江苏美术出版社

图书在版编目(CIP)数据

西方美术史　(1):远古之谜/翟宗祝编著.—南京：
江苏美术出版社，1999.6
　　(蓝色画廊丛书)
ISBN 7-5344-0886-5

Ⅰ.西…　Ⅱ.翟…　Ⅲ.美术史-西方国家-古代　Ⅳ.J11
0.9

中国版本图书馆 CIP 数据核字（1999）第 27475 号

序

余秋雨

　　听到"蓝色画廊"这个标题,已有一些时日。我觉得它很美丽,但不解其义,而不解其义的美丽是最容易记住的。

　　后来终于知道,这是江苏美术出版社出的一套讲述欧洲美术史的系列丛书,由翟宗祝先生编写。蓝色,是指欧洲人的眼睛。美术是视觉艺术,从创作者到欣赏者,都需要由眼睛来逼视。几千年来无数双蓝色的眼睛逼视出了一条漫长的走廊,在人类文化的盘陀阵中,这条蓝光荧荧的走廊无疑是其中极重要的一条文明通道。

　　地中海的水是蓝色的,地中海上空的天也是蓝色的,当这种自然的蓝色进入到欧洲人蓝色的瞳孔,激发出来的是伟大的灵性、壮丽的创造。结果,这种蓝色也就上升为高贵,成为人类精神史上一种宝石般的色调。

　　如果说,自然界的蓝色是造物主一种方位性的安排,生理上的蓝色是人世间一种群落性的特征,那么,精神史和艺术史上的宝石蓝,则不受方位和群落的限制,而属于全人类。人类文明的色泽很多,但作为一个现代人,如果没有在这条蓝色走廊里徜徉过,无论如何是一种巨大的亏欠和遗憾。

　　翟宗祝先生是中国人,当他以黝黑的眼睛打量蓝色走廊的时候,产生了一种因反差而强化的喜悦。这种喜悦,就表现在他津津有味的阐述间,激情洋溢的文字中。从表层意义上说,这是一种文明对另一种文明的理解和欣赏;从深层意义上说,这是一个觉悟者对人类共同精神财富的寻访和朝拜。人类共同精神财富中也有大量东方的内容，世界上不管是哪个地方的觉悟者，也会以同样的方式来寻访和朝拜。

我很能体验翟宗祝先生在从事这一文化劳作时的心情。很多年前，当我从狭隘民族主义的文化禁锢中开始向外探头探脑的时候，就碰撞到了宝石蓝的耀眼光亮。我花费整整十年的时间沉浸了进去，也是从古希腊出发，一段一段走下来，当我终于走完那条长廊的时候，心里明白，我已变成了另外一个人。不想否定自己的人种，也不想放弃立足的文明，但那种高贵的宝石蓝让我永久地抬起头来，时时仰望那个笼罩着整个地球的圣洁天穹。我脚下的土地，我背后的历史，也全都因此而变得光彩奕奕。我想，如果欧洲哪个学者通过东方的走廊而领悟了博大的人类精神，同样也会脱胎换骨成另外一个人。

为此，我多么希望，我们的学生和下一代能在这样的走廊里多走一走，让他们知道，在他们出生之前，在他们的认知范围之外，人类也已经非常精彩。懂得了这一点，他们会更谦虚也更自豪，更平静也更激动，会洗刷掉很多焦躁之气而走向大安详。现今我们身边总有不少内心烦闷而又出言暴戾的青年人，时时给自己和别人制造着痛苦，疗救他们的方法多种多样，但我觉得其中一个良方就是让他们从头面对人类文明史，一页页看下去，让他们终于懂得，生命的优秀存在方式究竟是什么。《蓝色画廊》，应该是可推荐的读物之一吧。当然，它的文化意义远不止此。

谨借卷首篇页，感谢翟宗祝先生，感谢江苏美术出版社。

一九九九年三月十一日，赴欧前夕。

THE **B** ULE GALLERY

目 录

 卷首语

历史像无垠的大海生生不息,它既无开端又无结束。生命繁衍,生生死死,循环往复,无始无终。人类只有在生命之旅的石阶上留下足迹,当一代消失之后,才不至于无影无踪。

生命起源于海,文明来自海上的人。地中海是哺育欧洲文明的摇篮。很早很早以前,在荒凉的海岸附近,璀璨夺目的希腊神话于混沌中孕育成形,这时从黑暗的底层已开始升起瑞祥之光,维纳斯从海水中冉冉升起,希腊人在深蓝色海天之间,笼罩在金色光环之中。光色反射,染成了他们的蓝眼睛。他们以冷峻的目光审视那在清澈的万顷碧波上衬托出来的清晰剪影:天、地、人之间的本质联系被理智的希腊人铭刻在脑海里,经过一代又一代人的分析、计算、模拟和创造,终于在这块不毛之地上点燃了人类智慧之光,谱写着欧洲的蓝色文明……

数千年来,这些蓝眼睛的欧洲人用他们的勤劳和智慧建起了一座具有悠久历史的"蓝色画廊",那满目琳琅的绘画、雕刻、建筑和工艺品,记载着西方的文明史。这些文化财宝不仅是欧洲人的,而且也是全人类的。如果你有兴趣走进这座画廊,不仅可以大饱眼福,而且还会从中受到很多很多启迪。

第一章

原始美术

　　人与宇宙自然是一条无形的连环锁链，人以植物的果实，动物的乳肉为食，用动物的皮毛制衣。动物吃草叶充饥，而青草、树叶的生长则依赖于天空从河流、大海中摄取水份，以雨水滋润它们。生命就是这样在永无休止地循环，周而复始，生生不息。

　　艺术使灵魂回归这条无形的锁链。试想一幅延伸到地平线尽头的风景画，碧绿的草地，树木参天，河流绕过村落一直流向大海。人群在灿烂阳光下赶着吃草的牛羊……它描绘了一个完整的世界，并把流动的、无形的循环凝固成静止的、有形的平面。

　　沿着这条无形的锁链溯源而上，幻觉会带你来到一个人迹稀少的荒漠，或惊涛拍岸的海边。这里没有人与自然和谐统一的风景画，最多只有一些鸟的化石，人与兽的头骨，破碎的陶罐或巨大的石坟。这些尚未销踪匿迹的印记，证明原始人把生命与灵魂仍然牢牢系在这根无形的锁链上。遗迹之中，不仅有受伤的野牛在挣扎咆哮，还有人的精神在展翅飞翔。

1 巨石之谜

在法国布列塔尼省卡纳克的地方，有一个长达 3 公里，竖有 2700 多块巨石的文化遗址，最大的石块重 37 吨。每一个到这里来参观的人们，心中都有一个疑团：这些在遥远的古代由原始人而创造的宏大建构目的是为了什么？当时没有起重机，更没有电力，到底是怎样运送这些巨大的石块，花了多少年才能排列起这么多石块？这些都是现代人无法揭示的不解之谜。

　　其实法国布列塔尼的卡纳克巨石文化已经是中石器时代的遗迹了。如果溯源而上，把历史再向前推进几千年，上万年甚至几十万年，远古时代的人类又是怎样生存的呢？人类文明大厦的奠基石究竟埋在何处呢？这些都是现代寻梦者极感兴趣的课题。

远古代的奇迹、人对巨石的崇拜

同心半圆的石刻画

人们无法捕捉失去的时光，但可以通过推测来获取远古时代人类的活动踪迹。

冰河解冻，大地复苏，茫茫林海，万壑千峰，这里是猛兽的王国，鸟儿的天堂，也是原始人栖身的故乡。他们穴居洞窟，以采集野果、狩猎为生。他们生活在猛兽包围之中，凶猛的野兽既是他们的死敌，也是他们赖以生存的食粮。年轻人终日在林中奔跑追逐，用多结的树枝或有棱角的石块作武器，成群结队，出没于山林丘壑捕获猎物。当捕获一头野牛或野猪，剥下它的皮，扒开胸膛，心脏还在跳动，那血淋淋的肉便是一顿丰盛的美餐。

当人性与兽性分离之后，欲望代替了本能。一种征服自然的强烈欲望迫使他们想出了许多巧妙的办法，比如设置一口陷阱，人扮成野兽模样，引诱猎物上勾；或编织巨大的网，让这些凶猛的野兽落进网里，然后一举捕获。只有这样才能获得更多的肉、骨和皮毛。但征服与被征服是一场垂死的战斗，在这场战斗中，人有时能大获全胜，有时却两败俱伤。由此人便产生了一种精神上的征服欲。当狩猎归来，带回一块粘土，想着刚刚结束的一场战斗，一只机灵的斑马从伏击圈中溜之大吉，于是心灵手巧的男人便用这块粘土把它捏成斑马模样，紧握在手中，心中充满无比喜悦。当雷雨时刻，原始人躲在洞穴内，洞中还躺着一只刚刚捕获的野牛，腹中饥渴难忍，于是剥皮剖胸，喝它的血，吃它的肉，脑子里还在想着森林中那些奔跑的野兽形象。于是"酒足饭饱"之后，他们用野兽的毛调和它们的血，在洞壁上用几条简略的线条把野兽的姿态和形象捕捉下来，以满足他们在精神上占有这些野兽的需要，于是，艺术诞生了。

当然，艺术的产生如此信手拈来，绝非为了高雅的欣赏，而是为了人类的生存所需，为了满足人类在精神上征服自然的欲望。就像一把石斧，它能杀死野兽。艺术是精神上的石斧，尽管它不能用来直接杀伤野兽，但可以在精神上树立必胜的信心。这样，再凶猛的野兽也就难逃罗网，只能成为原始

拉斯科窟的牛、马与鹿

原始人深信：只有"巫术
戳"，才能获得狩猎丰收
日石器时代的石刻猪）

巨大的石环构成一条射线, 正好对着夏至这一天太阳升起的位置

法国布列塔尼卡纳克的巨石行列

人用于充饥的美味佳肴了。当然,在饱餐之后,或许他们还会逍遥于山林水泽或异性的温柔之乡。这时会把一根圆木雕刻成一尊女性形象,硕大的臀部和突起的乳房刺激着他们,这种乐趣并不亚于饥不择食那种快感,于是为快感而创造更多的代用品,一种朦胧的审美意识,便悄悄地产生了。顾名思义,石器时代是人以石为侣的时代,原始人不仅穴居石窟,使用石刀、石斧,而且把理想与信念也贯注于石头之中,例如在法国劳塞尔发现的一头野猪浮雕,利用石块的天然裂痕,似乎把野猪的头颈割断,全身斑斑点点,这是敲打的痕迹。首先进行"巫术杀戮",在信念上征服它,野猪也就很自然会听命于人了。巨石文化的形成,贯注了原始人另外一种信念,即对凝聚、象征天然巨石般人的伟大力量的崇拜。没有数以万计的人在统一指挥下的协力合作,如此巨大的工程是不可想象的。因此这是人类征服自然的一座巨大丰碑。岩石,它的坚固耐朽本身就体现了一种神秘的力量。法国布列塔尼省的卡纳克巨石行列,大约形成于中石器时期,巨石文化最先在巴勒斯坦地方作为宗教而产生,尔后传播到世界各地。布列塔尼省的卡纳克遗迹,是从地中海沿岸陆路北上的文化和从西班牙伊比利亚半岛北部、大西洋海路北上文化合流而形成的产物。这种文化的形成很可能与当时的农耕有关。一年之中各种活动从播种开始。卡纳克的列石,其中四处列石群均为11或13。不论何处的列石都不存在12这个数。现在我们采用的阳历,把一年分为12个月,每4年一次增加一天来进行调整。11或13这个数也许是用来调整每年出现的年历和实际季节的数差。当时的人白天狩猎、驯服猎物,夜晚仰望天空,观察月亮和星星。细心的人发现月亮由圆到缺是13夜。因此卡纳克遗迹很可能是根据当时的水平,以精确的天文计算来作为确定年历的一种印迹。这些列石排列都向着特定的方向,目的是按照统一的计算来接受阳光的照射。这种排列在英国的一个叫索鲁兹伯里的地方遗存的巨大石环中,也有类似现象。这座石环东面的两块直立石块间距同外圈的一块

独立的"蓝石"构成一条射线正好对着夏至这一天太阳升起的位置。

关于这些巨石的运输和竖立，有的学者推断，首先要砍筏一批树木，把一根根圆木排放在地上，再把巨石放在圆木上，利用圆木的滚动用绳子拉到规定地点，放置在事先挖好的大坑里。前几年法国的几位科学家曾经来到这里，以人力利用当地的树干和藤萝编成的绳子从远处把石块运来并竖立起来，证明这个办法是可行的。

巨石列柱的作用除作为计时的年历观察以外，还有其它一些说法，比如用作界石、纪念碑和举行宗教或葬仪等活动的场所。当然这些作用也都是现代人的推测，列石的真正目的现在是无法查得一清二楚的，它是石器时代遗留下来的一个"巨石之谜"。

大约到三四千年以后，西欧变暖，冰雪逐渐消融，大西洋的海水被太阳蒸发带到上空形成雨，大水淹没了原始人的洞穴，死伤惨重的人们落荒而逃。于是家庭失散，流浪四方，人们在死亡线上挣扎。当天空云开雾散之后，冰融之处野草返青，杂花点点，洞水从山谷中奔流而下，并缓缓地流入平川。湖泊沼泽里游鱼成群，山坡平地上果实累累，于是人们择湖畔而居，以捕鱼耕作为生，一切又周而复始，平静如初。这时巨石文化已销踪匿迹，取而代之的是在山坡的岩面上刻下他们的生活印记。在挪威的一处平原地带，有一幅刻于名叫埃文夫斯地方的平坦岩面上的岩画，这幅岩画生动记录了当时人们渔猎生活的情景。岩面上刻有人、动物、鱼和船。船的形状虽刻画概括，但数量多，鱼的形象逼真，似乎还在游动。其中有一只小船，船上横放着一条鱼，显然这是表示满载而归的意思。动物只刻有一只，而且刻在左边不太显著的位置上，说明当时渔业兴旺，狩猎已退居次要位置。人的形态刻画得比较简单，但眼、嘴和耳朵都清晰可辨，而且站在近处的大船上，俨然是这片土地上的主宰者。令人费解的是在岩面上方刻有一个正园形，在其右边的船里还出现一个同心圆，像这样极其抽象的图案表示什么意

人、动物、鱼和船的石画，记载着遥远年代捕鱼狩猎的情景

无人看懂的撒哈拉石刻文字，记载着这块土地上昔日的繁荣

思，就不得而知了。不过可以肯定，抽象图形的出现，意味着人类企图摆脱模仿再现大自然的真实，而使人的精神获得了一次解放和飞跃。

抽象化的符号进一步发展，形成了人类早期文字。不过欧洲的表音文字和中国的象形文字不同，象形文字是从图形中抽象出来的文字。而表音文字和图形几乎没有什么联系。保存在撒哈拉大沙漠中的岩刻文字又一次展示了烙印在巨石上的秘密。

东西5000公里，南北2000公里的撒哈拉大沙漠把非洲大陆分为南北两部分，即南非和北非。撒哈拉是隔开这两个不同世界的天然屏障。大自然变化莫测，过去是高山峡谷，现在也许是巨浪滔天；过去是茫茫沧海，现在却一片桑田。这种变化虽然是极其缓慢，但却是非常真实的。如今撒哈拉这片无边无际的荒漠，昔日大概是绿柳成行，而这些石刻文字也许就记载了这块土地上昔日的繁荣。不过这些文字除极少固有名词和若干单词外，没有人能看懂，所以不解其意。但这种表音文字似乎不是从岩画的简化中诞生的。文字的分布比岩画要少得多。这二者之间的关系至今也仍然是个谜。

文字的出现标志着人类抽象性思维已发展到一定高度。有无文字在很大程度上左右着一定历史时期的文化形态和文明程度。撒哈拉石刻文字大约出现于新石器晚期，说明这个时期人类茹毛饮血的时代早已结束了。

2 孩子们的偶然发现

著名的人类史前洞窟壁画，即阿尔塔米拉洞窟壁画和拉斯科洞窟壁画都是一些孩子们最先发现的，在人类童年时代创造的艺术品，被现代社会的孩童们发现，也是一种历史的偶合。

人们通过碳十四测定法已经知道第一幅人类的绘画是15000年前的克罗马农人创作的。他们在最后一次冰河时代，集中

史前的博物馆,洞窟中的动物画廊

劳底特的驯鹿与鱼

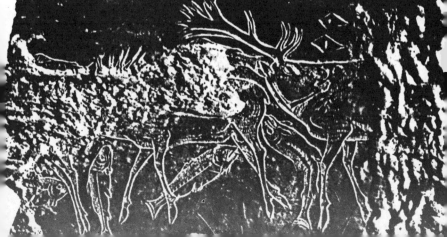

居住在今天法国南部和西班牙北部的弗兰科·坎塔布里地区的洞窟里，筑起篱栅、设置陷阱，用打制的石斧、石矛捕捉野牛、山羊和驯鹿；对抗凶狮、猛虎和野熊的袭击。在极富刺激性的生存实践中完善了意识，留下绚丽的艺术篇章。

1875年，一位名叫马塞利诺·德·梭杜拉的西班牙工程师，来到距桑坦德约30公里的阿尔塔米拉洞穴附近收集化石，发现那里有一些动物的骨骼和燧石工具，初步断定是史前人活动频繁的地方。四年以后，他再度来到这里，并把他四岁的小女儿玛丽亚也带在身边。孩子好玩耍，便离开父亲自己去寻找可玩的地方，偶然爬进了一个低矮的洞口，洞内一片漆黑，她点燃了蜡烛。当她抬起头时，突然发现一只直瞪着的公牛眼睛，她吓得大叫起来。于是，举世闻名的史前洞穴壁画被发现了。但梭杜拉对旧石器时代艺术的这一重大发现，当时并没有引起西班牙有关方面的重视。有人甚至反诬梭杜拉，雇佣了马德里画家画上去的，指控他为了沽名钓誉而弄虚作假。这幅壁画共蒙冤了二十年。直到1902年，经过法国教士布吕叶审定以后才逐渐为人们所承认。后经同位素碳十四测定，确信这个深达三百多米的阿尔塔米拉大洞穴，"储存"了二十多只旧石器时代的动物形象，包括15头野牛、3只野猪、3只母鹿、2匹马和1只狼。

除西班牙阿尔塔米拉洞穴壁画以外，在法国南部，1940年发现的拉斯科洞穴壁画，也是出于一次偶然事件：四个来自蒙蒂尼的法国少年外出郊游时，想去探求30多年前因一棵大树连根拔起而遗留下来的洞穴的秘密。这个洞穴的通道把他们引向拉斯科山坡附近的另一个洞穴。孩子们的好奇心，终于使他们发现了洞穴内从洞顶到洞壁四周布满的绚丽的绘画。因此这两处壁画都是孩子们在偶然中发现的。

原始人为什么要在洞壁上作画，他们作画最初处于什么样的心理动机，可以这样来猜测：

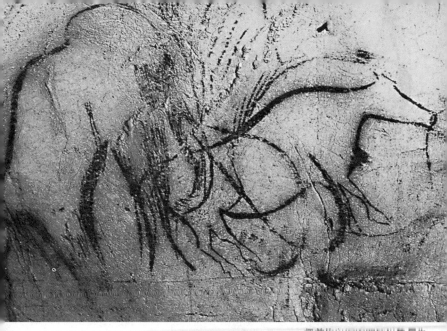

佩希梅尔洞的猛犸象与牛

阿尔塔米拉洞顶的野牛

　　居住在那钟乳石倒悬、幽深、阴暗、神秘的洞穴里的原始人，面对这些自然奇观和痕迹，激发了他们的想象力，并第一次把他们内心关注的形象"投射"到洞壁上，于是这些奇形怪状就变成了他们整天与之追杀，搏斗的野牛、斑马和牝鹿。同时出于好奇心，使他们产生了最初的创作欲，于是他们用兽毛调和动物的血，把这种内心幻觉画上去，开始只能勾出轮廓，经过反复实践，逐步提高了表现技巧。于是偶发的创作行动就逐渐变成了一种有意识的行为。

　　关于原始人制作壁画的目的和作用，从作品的表现内容可以分析为，一是教育作用，如在这些洞窟壁画中，有不少绘制的野牛身上的要害部位如心脏或腹部，都画有一根或数根箭头，这显然是教育狩猎者，要想捕获这头野兽，弓箭不可虚发，要击中要害，才能致它于死地。当时没有学校，更没有教科书，也许这些壁画可以起到教科书的作用。二是符咒作用，在奥瑞纳文化期，还有一种线刻野牛，造型是写实的，基本上以单线完成。但姿态还比较僵直，四条腿只刻了两条，蹄部未刻出，省略眼睛和耳朵，却明确地刻出生殖器，这很可能与某种制服动物或增进动物繁殖的巫术观念有关。

　　另外在法国拜修麦尔洞窟有一幅壁画，画有两匹似乎相互重叠的斑马，但在这两匹马的马背上方均刻有人的手印，如何解释这些手印？似乎只能解释为人企图捉住这两匹马。通过绘画和咒语来企图达到自己的目的。

　　三是图腾作用，我们可以发现这些壁画所画的动物，大都是一些比较大而且凶猛的动物，如野牛、狼、斑马等，而那些小动物，如小兔子、野鸡等等之类几乎一个也没有，说明这些赖以生存但又难以捕获的动物，在原始人心目中，既是捕获对象，同时也是一种图腾。

　　四是纪念作用，在法国拉斯科洞窟发现这样一幅壁画，一只受伤的野牛垂死反扑，鬃毛倒竖、钢尾如鞭，利用天然裂缝表示的长矛斜贯牛的躯体，肠子流了出来。猎手仰卧在地上，双肩平展，手指叉开，他右手旁丢着一

弓箭不可虚发，要击中要害，才能捕获它

捉住它，千万不要让它跑掉——斑马背上的手印

凶猛的野牛，原始人崇拜的图腾

人兽搏斗，两败俱伤，死得壮烈，应予表彰

牧人赶着在草地上吃草的羚羊，野兽被驯服了（新石器时代壁画）

个鸟形杖,这是他的投矛器,还是他的巫术杖?在他的脚边还有一件带刺的武器。画左侧还有一只未完成的犀牛,翘起的尾巴下横排着六个黑点。

这幅画显然是描绘一个悲剧场面,记述着一次狩猎过程,人兽之间展开了一场搏斗,但两败俱伤。猎手死了,野牛也在垂死挣扎,横排六个黑点是记载猎手生前的功绩,他曾捕获过六只如此凶猛的野兽,但在这场搏斗中,他壮烈地牺牲了。这幅壁画是对这名猎手生前功绩的记载。

关于原始人制作壁画的材料和方法,艺术史家一般认为,所谓"画笔"可能是藓苔类植物和走兽毛皮。颜料都是天然矿物颜料,用动物的脂肪和血调合,色彩以赭红与黑为主,还有黄和紫。作画的基本方法还是以勾线为主,不过在后期已学会了多种表现技法,如在拉斯科洞穴壁画中,可以看出,轮廓线与色彩以及色彩之间融合于一体,这种办法是用骨管或芦管把颜料吹喷上去,被称为"喷色法"。另外表现几个动物时,相互之间穿插有致,已经有"初步的构图意识"了。

到了新石器时期,洞穴壁画有了很大发展。例如在南非的萨莫克木斯特发现的新石器时代壁画:"猎人与羚羊":画面上一猎人正在放牧一群羚羊,但这群野生动物的"野性"消失了,在牧人的看管下自由地在草地上悠闲慢步、吃草。这幅画反映了畜牧业开始出现,在绘画形式上,不仅出现了组合性构图,而且不再是简单的线条勾勒,甚至出现了西方绘画中的所谓明暗和色彩造型的雏形了。

原始人制作壁画是在极其艰苦条件下完成的,但所创造的作品,有的实在太感人了,特别是旧石器时代壁画,是那些拿着粗笨的打击石器,与动物肉搏的人在昏暗的洞壁上,燃烧着动物脂肪的照明石灯刻制而成的,这些作品即使和现在大师杰作相比似乎也毫不逊色。难怪梭杜拉蒙冤二十年之久,不过我们还是要感谢这些孩子们的天才发现,随着科学的证实,梭杜拉和他的小女儿玛丽亚不是也都被载入史册了吗!

3
威伦道夫的大美神

据史前考古学家研究，在欧洲旧石器时代的晚期，已经出现了许多艺术品。西方学者根据放射性同位素碳的测定，对于旧石器晚期艺术发展阶段，通常分为四个文化期：(1)奥瑞纳(Aurignacian)，(2)伯里戈德(Ptrigordian)，(3)梭鲁特(Solutrean)，(4)马格德林(magdalenian)。这些分期的名称，是以第一次发现这一时期的美术文物的地址或洞窟名称命名的。《威伦道夫的维纳斯》这尊妇女小圆雕，即属于奥瑞纳时期的作品。它被发现于奥地利摩拉维亚的威伦道夫洞中，距今已有3万多年的时间了。这尊小圆雕是以软质石灰石刻成，她的头部与四肢雕凿得十分概括，脸部基本未作刻画，但头发却被均匀地刻成卷状排列在整个头部。雕像高约19厘米，宽5厘米。胸部突出，腹部宽大，腰腿粗壮，女性特征被强调得极其夸张。它正是旧石器时代母权观念的形象化反映。西方美术考古家把这尊妇女小圆雕称为《威伦道夫的维纳斯》。对这尊作品如此雅称，不仅是一种风趣和幽默，而且也是对当时母权社会一种形象化的比喻和概括。在当时极其恶劣的自然条件下，人们以部落群居，在部落中不仅有身强体壮的男子，还有许多妇女、儿童和老人。男人是理想主义者，追逐猎物，捕杀野兽，赶走邻近部落的男人不让他们拐走自己的妻子侵犯自己的猎物。因此充分发挥自己的想象能力，制造工具、纹身、用兽爪和兽牙编成装饰品戴在脖子上，目的是制造恐怖气氛，借助这种气氛来保护本部落的安宁。而妇女们哺育后代，晒制毛皮，保留火种，制造用具，为了准备饭食，指挥甚至带领男人去采集或猎取。同时用贝壳或兽牙串成项链戴在身上，用以把男人吸引到自己的周围，因此女人是当时现实生活中的核心。

维纳斯是希腊神话中的美神，18世纪出土的米罗岛上的阿芙罗底德，即维纳斯，是古典美雕刻中的典范。它集中了当时希腊最美的女子典型形象塑造出来的。但在3万年前这样的窈窕淑女是不可能出现于男人们的脑

海里的，因为当时的社会现实中根本不可能存在这样的女人。被男人们宠爱的妇女形象，正是这些穴居中的女性：腰身宽大，乳房下垂，臀部丰满，被生育折磨得疲惫不堪。即使年轻的女性，也披散着头发，或因以肉食为主而发育成强壮体态，粗腰、宽肩、壮腿，脖子上挂着兽牙项链，身穿毫未剪裁的皮毛"时装"，这些充满野性的女人正是当时男人心目中的"维纳斯"，是男人们寄托温情和消除疲惫的逍遥之乡。

另一方面女人能生孩子，唯有她们才能保持部落的延续，而男人们是无能为力的，也许当时他们还不懂得没有男人，人类的繁衍也是不可能的，但活生生的事实，生孩子的是女人而不是男人，因此把妇女这一特殊贡献当作"母神"来崇拜，这也是当时社会一种很合乎逻辑的推理。奥地利威伦道夫出土的这尊"维纳斯"，把它称为威伦道夫的大美神，应是说是一种最恰当不过的形容和概括了。

此外在欧洲不少地方还有许多原始小雕刻，这些雕刻也大都是以女性为主，如法国上加罗纳的莱斯皮格裸体女像高仅 15 厘米，这样的雕像通常没有脚，下肢呈一锥形，据美术考古学家判断，这样制作雕像，是为了随身携带，走到那里，往地上一插，年轻的男人随身携带这样的小雕像，可以把心爱的女人牢牢系在自己身边。

另外法国的朗德帕善洞发现的一尊用象牙刻成的女头像，高仅 3.7 厘米，面颊丰腴，玲珑小巧，俨然是一位妙龄少女。其刻画之精致，很可能出自一位风流男子之手，因为这才是男人心目中真正的"维纳斯"，在当时不知爱情为何物的年代，人的本性把爱与美凝聚在这些杰作之中，使相距数万年之久的现代人仍然可以感受到当时人们的浪漫情怀和与兽性并存的缠绵"苦恋"。

史前考古学家阿尔伯特·斯基瓦从拉斯科洞穴中发现：有的人物形象不再是披着兽皮、戴着兽冠的扮演者，只有脸上套一张动物面具而已。这很

小巧精致的象牙少女头像，楚楚动人

威伦道夫的维纳斯，她是母神，虽然她并不纤细，却也是男人心中的美神

手持牛角杯，祝愿狩猎满载而归

26

4
**持角杯
的女巫**

显然是一个"巫师"形象。巫师是原始人在祈神活动中的主宰者。在特洛瓦·费莱尔洞穴发现的这个"鹿角巫师"形象尤其生动。

　　这个"巫师"形象被法国著名考古学家布吕叶称为"特洛瓦·费莱尔神"。它的躯干、腿和生殖器官是人类的，尾部有一条狼的尾巴，头上有鹿的犄角，猫类的耳朵、下颌垂挂着浓重的长须。根据它居高临下的位置，学者猜测它可能是下面一群混乱的动物形象的统辖者。这个头戴兽冠、披着兽皮在施行法术的巫师，反映了史前人类展示以神灵支配猎物丰足与狩猎成功的心情，也证明了在史前马格德林时期，原始人已经感觉到动物不再具有不可抗拒的力量了，人可以产生征服它们的力量并处于支配动物的地位。

　　"巫师"形象的出现，当然说明巫术观念早已形成。这是人类最早的宗教。而且证明宗教与艺术并驾齐驱。不是宗教创造了艺术，而是艺术发展了宗教。艺术以形象来表现抽象，再通过抽象来拓展人们的思维和理解，因此对表现宗教观念的形象的崇拜，实际上是人类对自己的理解能力与想象能力的崇拜。这种崇拜导致"巫术观念"的形成。

　　巫术观念的形成，一般来说可以归纳为三种原因。

　　一是人对大自然的恐怖和崇拜，大自然广阔无边、变幻莫测、奥妙无穷。它时而带给人类以无比的温暖，时而又给人类带来深重的灾难。当春风和煦，鸟语花香，广阔的大森林是人与兽相处与共的伊甸园，人们尽情地在这里享受着这美好季节给他们带来的兴奋和愉悦。但当严冬来临，大地一片白雪皑皑，食物短缺，严寒逼人。特别是山洪爆发、地震、火山、森林大火等等大自然不可抗拒的威力，给人类带来的是灭顶之灾。因此人们崇拜自然又对大自然的威力感到十分恐怖。巫术观念正是对这种不可思议的神奇和难以预料的祸福的一种企图控制的幻想。当然这种控制在当时历史条件

下是无能为力的。因此只能寄希望于一种表达幻想的活动——巫术。

二是对生命现象的好奇与迷惑。整个自然界的生物，包括动物、植物都有生命。人和所有生命的动植物一样，也都有生有死。而且所有物种之间都存在着一种生死与共的关系。有些物种这种生存关系还特别奇妙：英国过去有一种蓝蝶，小巧玲珑，色彩鲜艳。它产卵必须依靠蚂蚁刺激。蝶卵产在草地上，蚂蚁便派工蚁来照顾小生命，孵化成幼虫，蓝蝶幼虫吃树叶，每吃完一张树叶，众蚂蚁就把幼虫抬到另一张新树叶上，保证让它们不挨饿。直到幼虫变成小蝴蝶蜕壳飞去。

蚂蚁"伺候"蓝蝶的幼虫是一种奉献吗？不是，因为蓝蝶的幼虫腹部有很多腺体，分泌的挥发性物质又甜又香，名叫蜜露。这是蚂蚁最爱吃的食粮，因此它们互利互惠。只可惜后来英国大规模地垦荒，蚂蚁的栖息地被毁了，致使蓝蝶也几乎绝种，也就很少看到这种美丽的蓝蝶在春天的田野里飞舞了。当然，原始人不可能如此去细心地观察这种极其罕见的生死共存的生命现象，但是生长、衰老、疾病和死亡等极其平常的生命变化现象是有目共睹的。那怕是一朵小花，它也是一种小生命。在它开放的时候是何等美丽，但世上没有开不败的花朵，花开花落，当然花落结子，次年种子发芽，还会开花，但这毕竟又是一朵新的生命，同样，一位如花似玉的少女，一夜之间，因病也许会命归黄泉。如何解释这些不可思议的现象呢？那就是灵魂，在好奇与迷惑的驱使下，人们相信万物有灵。这种"万物有灵论"一直延伸到古希腊时代：如风神、花神、雷电之神等等。

三是对动物的依赖和怜悯。动物其实是一种泛称，人也是动物，既然都是动物，也就必然同样具备所有动物的共同属性，如"母爱"。所谓"虎毒不食子"，再凶猛的野兽，对它的小宝宝也都具有与人性共同的伟大母爱。而且在动物界还存在着不少与人类群体生活极为相似的共同特征。例如有一则关于太行山五龙口"猕猴王国"的有趣报道：凡是猴子多到一两百只时，

就会分群，每群中都有一位猴王，猴王每四年"换届"一次。争王时间都在每届猴王"任期"快满的农历11月至12月份。届时将有十来只公猴开展你撕我咬的激烈争战，胜了的猴王可以"连选连任"，一旦王位易主，原来猴王便离群索居，苟且偷生。猴王的最大特权可以"迎娶"七八个"后妃"，而其它猴卒则多为"一夫一妻"。当老猴王败下阵来，大度一点的新猴王允许他带上一位"王后"或"王妃"，而其中最年轻美貌的"后妃"，也许就成了新猴王的"正宫娘娘"。

这些有趣的猕猴不仅"人情味"十足，而且还大有"皇家气派"呢。在人猿混杂的年代，即使那些高级猿人首领，最大的特权和愿望也不过和这些猕猴一样，争得一个"王位"，有一位称心如意的"正宫娘娘"罢了。因此"兽性"并不等同于"凶残"和野蛮性，即使在兽与兽之间，除了弱肉强食、优胜劣汰之外，有时甚至还可以发现一种与人类相似的极其崇高的感情。据载：有一次，一只小狗被扔进兽笼，给动物园中的狮子进食。小狗战战兢兢地趴在笼子的一角。狮子走近用爪子轻轻动了动它，小狗跳了起来，狮子看了看小狗，再也没有动它。当主人投给狮子一块肉时，狮子撕了一块留给小狗。晚上，狮子睡觉时，小狗便睡在它旁边，把头枕在狮子的爪子上。从此，他俩就生活在一个笼子里。

一年后，小狗得病死了。狮子停止了进食，总是嗅着、舔着小狗。当狮子明白小狗已经死了时，它跳跃不止，金毛倒竖，整天辗转不安，狂号不止。而后就躺在死去的小狗前，用爪子拥抱着它，忧伤地躺了5天，不吃也不喝。

第6天，狮子也死了。

这是一种何等伟大的友情，兽与兽之间尚且如此，何况人与兽之间呢！

当然，人猿揖别已经上百万年了。当人猿揖别之后，人的大脑得到了很大发展，从而使人脱离了动物界，开始有了自觉意识，并能朦胧地意识到自己与周围自然界各种事物之间的因果关系。人类生存不仅仅依靠本能，在

人兽之间也不仅仅依靠生存竞争。人的大脑帮助人类想出各种巧妙的办法，来制服自然，猎取更多野兽，以满足人类的需要。但他们似乎意识到人与野兽之间存着一种玄妙的因果关系，在当时畜牧业尚未形成的时代，人类只有依靠狩猎，和野兽拼搏，才能维持自己的生存。但人性和兽性毕竟尚存许多相似之处，他们必须杀死这些野兽，但对野兽又产生一种怜悯与同情，甚至是崇拜。他们认为死去的野兽会复活，被杀死的野兽会憎恨猎人。因此有些被常年捕食的野兽的骨头经过加工，被人们视为保护神。例如在法国，马·达齐尔发现的一只骨制投矛器——小羚羊，就刻画得极其可爱。

这件投矛器不仅倾注了人对动物的感情，而且与巫术有关，既为了增加飞矛的魔力，而且在祈祷动物被杀后不会"怪罪"于人。巫术观念正是人猿揖别时期人类对为生存目的而进行狩猎等活动的一种蒙昧意识和荒唐的猜想。表达这种猜想或幻想的直接办法便是艺术。因此宗教与艺术并驾齐驱，这种记载宗教活动的艺术，直到旧石器晚期还有许多艺术作品为证。

例如发现于法国劳塞尔的《持角杯的女巫》，距今大约3万年左右，上面刻着一只右手托着一只牛角，左手搭在稍微隆起的腹部上的女人形象。披肩的长发绕在她的左肩，乳房与臀部被刻得特别肥大，面部未作具体刻画，足部也含混不清。专家们分析，她显然是在主持一种巫术仪式，也许在祈祷本族人狩猎满载而归，或祝愿氏族昌盛。

第二章
古代埃及
两河流域
美术

在埃及，大漠似黄金般的色泽铺洒在那一望无际的地平线上，阵阵热风扬起尘沙和热浪，大地像被熔化了的金属那样炽热、耀眼。巨大的金字塔象征着宇宙的永恒，对生命轮回的渴望，致使埃及艺术谱写着灵魂不灭的遐想。

美索不达米亚是《圣经》传说中亚当的乐园，西亚的粮仓。在这里，萨尔贡的纪功碑用敌人的尸体垒成。这个民族若不去杀戮、放火，便是在修建那厚实的宫墙。艺术家塑造的不是勇猛顽强的狩猎或攻战，就是美酒、女人和权力的至高无上。

1 "天外来客"的创造

埃及艺术是宗教和丧葬的艺术。埃及人认为正在死亡的人可能进入真实的生命，必须经过防腐处理，给死者修造一处秘密的栖身之所，才能让永生的精神保留在物质外壳即尸体之中，才能让死者在阴间获得与生前一样的永恒。

只可惜那些沉睡在地下成千上万个木乃伊，不知灵魂是否依然还与古尸同在。不过那人造的大山（金字塔）则是象征着古代埃及人的集体灵魂，不分昼夜交替和季节的循环，在宇宙变幻和历史沧桑中永存。

金字塔，古代埃及文明的标志，尽管岁月缓慢地流过了 4000 多年，金字塔像座耸立在渺无人烟的大沙漠中的哥特式大教堂，仍然作为古代埃及王权和神权的象征，给现代人留下不可思议的追忆。最大的金字塔，高146.5 米，相当于 40 层摩天大楼那么高，每块巨石平均两吨半重，共需 230万块大巨石。这些石块是怎样堆砌上去的？4000 年后的现代人曾对此作过种种揣测和设想，但结论都是荒唐和不可想象的。本世纪有人竟猜想这是外星人在地球上留下的大手笔，金字塔是"天外来客"的神奇创造。当然，这

冥园的天堂,埃及阶梯式金字塔

"天外来客"的神奇创造,基泽三座金字塔

种猜想没有任何科学依据。只能证明，面对这座雄伟壮丽的庞然大物，现代人依旧感到自己的卑微和渺小，并无法解开这神秘。

古埃及为什么要建造金字塔，金字塔是怎样建成的？首先还得从古代埃及的历史和社会制度谈起。

埃及是东临阿拉伯沙漠，南依高山，西靠撒哈拉，北接地中海一块封闭的绿洲，尼罗河贯穿南北，每年雨季，滔滔的河水泛滥之后，留下一层沃土。因此从公元前5000年开始就有人在这块土地上耕作生息了。

公元前3200年上埃及（南方）兼并下埃及（北方），南北统一，称早期王朝时代，埃及文明从此开始。第三王朝后进入古王国（公元前2900～前2200年）。后经中王国（公元前2150～前1700元），新王国（公元前1584～前1071年），于公元前332年被亚历山大征服，他的后继者建立了托勒密王朝之后，古代埃及历史才宣告结束。

古代埃及一直保持着稳固的君主专制政体，国王被称作法老兼最高祭司。严格的等级制度，个人的品质是没有价值的，据文献记载，人往往不能按名字来称呼，而是按职位来称呼。法老是由神派遣到人间的总督，僧侣守护着宗教制度，庞大的奴隶军是统治者手中的顺从工具，"奴隶"这个词，照古埃及的意思，是"应杀未杀而留下来的活人"。

埃及人是泛神论者，由对野兽的崇拜过渡到对类似人一样的神的崇拜，产生了一种狮身人面的智慧怪物形象。在他们看来，尼罗河、太阳、月亮等等都是被崇拜的神的化身。

岁月更替，自然的死亡和复活，使埃及人产生一种美丽的神话幻想，那就是长生不老思想，在埃及的宗教中，表现为人希望超脱他所直接生存的境界，进入不受时间支配的世外仙境。统治者憧憬这个长生，臣民们以及下层社会也非常热烈企求有变为不死之神的权利。《亡灵书》中这样叙述："一切崇高的思想与事物，神秘的语言、与仪式相关联的习俗，使人想到人的永

三人的妖怪,在注视着人类历史变化的沧桑

埃及底比斯阿蒙神庙

卡别尔王像(又名老村长)

生，全靠身体不腐朽，灵魂象鸟儿一样，飞离了它，还能重新回到它里面来，有一根奇妙的线索和它联系着。"这种信仰，产生了尸体以香料涂抹、为保存木乃伊而建筑宏大陵墓的风俗。这是建筑金字塔的历史根源。

金字塔最初起源于坟墓，最早的坟墓像一土台，称作"马斯塔布"（波斯语小板凳的意思）。到了古王国的第三王期，佐塞王的陵墓用七层马斯塔布迭加起来，逐步往上缩小，便初步具备了金字塔的雏形。

迄今仍然保留在埃及的最大金字塔，是位于开罗附近的基泽村古王国第四王朝三个法老迈库瑞、海佛林、胡福三座金字塔。分别建于公元前2470年，前2500年和前2530年。其中胡福金字塔最高，146.5米，俗称大金字塔。据说这座金字塔当年共用30年时间建造，奴隶分班参加劳动，每班10万人，3个月一轮，累计劳动力约1200万个工日。金字塔的建造技术在许多方面已登峰造极，特别是测量技术，4个边长只误差几厘米，塔身的斜度与墓室天孔（灵魂出入的地方）的方向都和日照角度及天狼星的位置有联系。金字塔共用巨石230万块，每块平均两吨半重。石块经过打磨，严格按方锥体的体积计算出每一块石头的几何体斜度，然后层层垒砌，石块之间没有粘合物（当时无混凝土），但即使一把匕首也难插进石缝。可见古代埃及人在数学、几何学、力学、建筑学等诸方面的高水平和智慧。金字塔作为一种建筑艺术，除了它的形体庄严、宏大、对称、均衡等因素外，还和各种自然色彩相呼应，如玫瑰色的花岗石墙垣，雪花石膏地面，彩色雕像与大自然天地光色，形成了一种极其壮丽的和谐美。

埃及人的智慧不仅表现在金字塔的建造上，如何保存尸体也有一套科学的办法。人死之后首先是制干尸，即用钩子从尸体鼻孔钩出脑浆，从腹部开一个口子取出内脏，然后用拌有香料的药水冲洗，塞入桂皮、乳香，再浸入防腐液内，七十天后，取出尸体，冲洗干净裹上裹尸布，并在外部涂一层树胶，然后按一定的宗教仪式，祈祷"复活"，最后放入棺内，用船送进尼罗

河岸的祭庙，停放一段时间，才进入金字塔内。据说死者在这所永久性宫殿里，灵魂可以自由出入，永享祭品。

与胡福金字塔相呼应的海佛林金字塔东面，伏着的一尊巨大的狮身人面像。它是海佛林的雕像。巨像面朝东方，似乎在向初升的太阳行注目礼。希腊人把它看作希腊神话中的"司芬克斯"，"司芬克斯"是个妖怪，专以怪谜难倒路人，而后食之。其实在希腊神话尚未形成时，狮身人面像已在那里送走了无数次尼罗河的水涨水落，又一次次地迎接历史的变化沧桑。

中王国以后，因金字塔浩大的工程耗尽财力人力而不再建造，国王陵墓改为地下墓室和崖墓，但继之而起的建筑是神庙，神庙的雄伟富丽实际上同样可以和金字塔相媲美。

新王国时代的神庙建筑以底比斯附近卡纳克神庙为代表，它是新王国第十八王朝时期为奉祀阿蒙神（新王国时期全国最高的神）而兴建的主庙。这座神庙长 1000 米，宽约 200 米，圆柱大厅的面积为 5000 平方米，大厅之内有 16 排共 134 根巨柱，中央两排 12 根最大的花岗石石柱高 21 米，每根莲花柱头上可容纳 100 人。可见神庙是如何宏伟巨大。

此外十九王朝时期，拉美西斯二世在努比亚的阿布——西姆贝尔凿造的一座气势宏大的石窟祭庙，也相当宏伟。祭庙宽约 40 米，高 30 米，正面塑有四个高大巍峨的法老拉美西斯二世坐像。巨像高达 20 米，祭庙座落在尼罗河沿岸，河上航行的人们，很远处就可以看到这座祭庙和那正襟危坐的四个法老像，亦可称其为埃及另一奇观。

19 世纪以来，法国考古学家带领埃及农民在挖掘卡别尔墓葬时，在墓穴发现了一尊木雕像，这尊木雕像呈直立姿态，右手下垂，左手握杖，左脚前迈，很像是在田间缓步的神态，因此发掘者不禁大叫起来："这不是我们的老村长吗！"于是"老村长"这个名字就载入了史册。

这尊雕像是从埃及的马里厄特的卡别尔墓发掘出来的，属于古王国第

2
史前 3000 年的老村长

四王朝时期的作品,他是卡别尔王子的雕像。据说卡别尔王子生前曾作过皇家庄园的监管,常在田间监督奴隶们劳动。

这尊木雕像高 110 厘米,虽然没有任何神圣的标志,如法老披戴的假发,神圣的胡须或权杖之类,也没有庇护的神灵。但雕像从他那略显肥胖的身体,傲然的气质,以及那凝视远方的目光中,完全表现是一副饱食终日的王者气派。在当时历史条件下,王子尽管养尊处优,但也必须直接参加皇家的劳动管理,这是对当时历史真实的形象记录。

埃及古王国时期的雕像,一般是用作墓葬里的随葬品,以代替死人的躯壳,表现死者崇高的社会地位。雕刻家必须按墓主人的意愿进行雕刻。因此,长期以来形成了一套固定不变的程式,如"正面律",垂直式、象征化和写实化等。

所谓"正面律",即在雕刻中,无论站、坐、走各种姿式,都必须正面直对观众,头顶、颈部和肩部连接处,以及身体的中心,都处在同一个垂直面上。如古王国第四王朝法老《法老孟沙拉和女神像》,法老居中,左右两侧雕刻了两位神像,一是女神,一是庇护神,三像并例,直立、目光向前,面部冷若冰霜,这种正面、僵直姿态的雕像在古代埃及雕刻中比比皆是。

垂直式是指不论立像、坐像或行走姿态的雕像,身体必须垂直,胸部挺起,目光向前,只是手势可以略加变化。如《法老孟沙拉与王妃立像》就采用了双双并列僵直呆立的站势。只是王妃的两只手搭在法老的左臂和腰际。但仍保持着立像的基本特征。这种手法显然是为了表现王者的威严和至高无上。

象征化主要表现在色彩上,不少雕像不仅外表涂以色彩,有时还用玻璃质彩色石块嵌在衣冠等部位。如《王子拉诺切普与妻诺伏列特像》,对夫

相依为命的古
埃及王子与王妃

木制的宝姬，盖子上
为墓地守护神阿努比斯

奇特的埃及绘画风
格——塞得一世墓壁画

　　　　　海西拉大臣

妇两人涂以不同的色彩：男性皮肤呈棕红色，色泽较深，女性皮肤用淡黄色，色泽较浅，这显然是采用象征手法表现王子与王妃生活于不同的生活环境，王子需协助国王料理国家大事，还需要亲自监督奴隶们劳动，就像木雕《老村长》那样，行使"村长"的职能，整天风吹日晒，因此皮肤是棕红色的。而王妃躲在深宫，很少出门，烈日当然也就很少能晒到她的身上，因此皮肤是浅黄的。

写实性是雕像的姿态和基本神态虽然是采用千篇一律的程式化手法，但在表现人物个性方面却各不相同，这种个性刻画是以写实为基础的。如产生于第五王朝时期的《书记官像》便是一例。

所谓"书记官"是埃及僧侣阶层或王府官宦承担书写记录的官员。当时埃及的文字以象形为主，采用图画形象辅助一定的符号来表达完整的含义，它是僧侣阶层和王府官宦的专利。皇族的公子也要进学堂受训，经年累月学习象形文字。若有怠慢，还要受到鞭笞。这尊雕像的表现对象，他的身份与法老不同，不需要像法老那威严僵直，毫无表情。因此可以在刻画个性上大显身手，雕刻家通过他那宽阔的前额和炯炯有神的目光，使雕像流露一种文人气质。昂首挺胸，坐姿稳定，这是受垂直式造型的影响。但腹部肌肉松垂，身体虚胖，又表现了书记官成年累月从事脑力劳动而留下的见证。只见他手握芦杆笔，凝神专注，准备记录对方讲话，这种极富生活气息的形象完全是当时现实生活的生动写照。

另一尊雕刻《涅菲尔提蒂像》也是一件十分写实的作品。涅菲尔提蒂是古埃及十八王朝法老埃赫拉东的妻子，埃赫拉东推进宗教改革，改变沿袭已久的崇拜"阿蒙"神的仪式，消灭阿蒙神庙祭司集团的政治势力，宣布太阳神为全国最高的神。改革虽然最终失败，但在改革期间，却给雕刻家们的创作带来了更多的自由。涅菲尔提蒂王妃不仅具有倾城倾国之貌，还是她丈夫推行改革的得力助手。这尊雕像通过她那高高的王冠，细长的颈项，表

现了王妃那高贵的气质，面部表情既有点紧张，又很自在，把一个大国之后那种稳定、骄矜和高贵的气质与性格刻画得惟妙惟肖。而另一尊雕像《做酒的女仆》则完全相反。这尊雕像表现的是当时一位下等人，而且是被作为俑当陪葬品的。这位健壮少妇，上身赤裸，正在把酒糟料装进大桶里，专注的神态，没有固定准则的造型，说明当时雕刻家在塑造下等人形象时，更写实、更贴近生活。这尊雕刻似乎使人联想到，尼罗河畔椰枣收获季节，王公贵族家家飘着酒香，而奴隶们却一个个都在紧张忙碌着的情景。

3
楚楚动人
的三姐妹

埃及壁画艺术和雕刻一样，也具有极高的艺术成就。在一幅表现宴乐场面的大型壁画中，三个风姿绰约的妙龄倩女引人注目：第一位弹箜篌，老成持重，全神贯注，第二位奏吉它，前顾后盼，卖弄风骚。第三位也许年龄最小，是位吹笛少女，娇憨妩媚，闭月羞花。三姐妹动静得当。变化协调，节奏明快，韵律自然，画中宛若舞姿旋动，乐音悠扬。这是新王国时期图特摩斯四世纳克特墓中一幅著名墓壁画。

古代埃及的墓穴画题材极为广泛，内容十分丰富，有描绘死者生前的享乐生活，有各种庆典仪式，有狩猎、农耕、渔猎、歌舞等等。位于底比斯新王国第十八王朝梅宁墓有一幅壁画《猎鸟图》，描写主人及妻、仆人乘船在河中捕鸟的情景。主人居中，体积最大，右手使用投石器，左手擒住两只水鸟。妻子立在身后，体积较小，二仆人体积更小，跟随主人左右，他们协助主人夫妇狩猎和采撷河中鱼禽。水面画有鱼、水草之类。另外同一时期纳克特墓有幅壁画，是表现摘葡萄的情景。画中右边有两人正在摘葡萄，左边三个正在踩葡萄，并挤出浆汁，另一人用大桶接取。上方有一排酒瓮。画面采用装饰化形式加以处理。情节生动有趣，一片丰收忙碌景象。

①貌美倾国倾城，神情骄矜
　高贵(涅菲尔提蒂像)

②目光炯炯，凝神专注，古
　埃及的"书记官"

③舞姿飞动，乐音悠扬，埃
　及壁画"三个女乐伎"

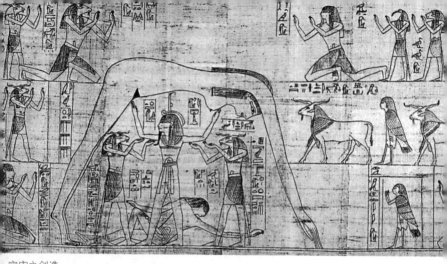

宇宙之创造

梅度姆的鸭子(埃及早期壁画)

　　埃及壁画由于受当时政治制度与宗教习俗影响，风格特征十分明显，而且程式化手法千篇一律，一看便知是古埃及画风。即使新王国以后，画面的构成和色彩有所变化，但基本表现手法仍然一脉相承，大同小异。

　　古代埃及壁画的表现手法主要有以下几种：

　　一是平面展开法：即不依照焦点透视规律，而是按照需要用平面鸟瞰的方式来进行作画。

　　二是充满画面法：画面不留空隙，全部画满，类似图案画法。

　　三是侧面造型法：人物采用"三段法"，即头至颈项为侧面，肩胸至膝关节为正面，膝关节以下至脚部又为侧面。人的脸是侧面的，但眼睛一律是正面的，这是"正面律"在壁画中的体现。

　　四是多层并列法：用上下多层平行并列画法来表示远近距离和空间变化。例如第十九王朝塞奈德贾墓壁画《耕作图》，就是采用多层并列的办法来表现劳动场面的。它采取远景和近景之间加上一条底线表示地面，再按平视角度画出，可以画两层，三层甚至更多。

　　五是大小处理法：利用人物形象的大小区别来表现人物的不同身份。如前述第十八王朝梅宁墓壁画《猎鸟图》，人物有大有小，等级分明，就是采取这种处理办法。

　　六是色彩固有法，只采用描绘对象的固有色来钩线平涂，强调装饰效果。

　　此外，在新王朝时代还流行一种所谓"死者之书"的插图画，这种画是画在埃及盛产的一种植物叫纸莎草制成的草纸上，这种草茎可以剥开展平，然后加以拼接即可书写作画。其中1899年，英国考古学家弗林德斯·培特里在埃及卡洪城遗址考察发掘时发现一幅完整的"纸莎草纸死者之书"保存完好，现存伦敦大英博物馆内。这份"死者之书"是用图画图解冥神奥西里斯(尼罗河神)在对死者进行审判。画幅中一兽头人身的神则为奥西

里斯，他掌管着人生的天平，后面那个鹰头的怪物在记录死者功过。左侧的白衣人为死者家属。面对奥西里斯站在天平上的人即为死者。这个死者的画法就是采用典型的侧面造型三段画法。头至颈为侧面，双肩至双膝为正面，而双膝至双脚又是侧面。这是一种典型的程式化表现方法。

埃及的工艺美术也具有较高成就。公元前4000年陶器以及陶画制作已相当广泛。还有以象牙、黄金宝石装饰的精美工艺品如印章、杖头和小刀等。古王国以后的工艺美术进一步发展，从发现的以孔雀石、天蓝石和碧玉镶嵌而成的蜻蜓模样，以及铜制工具、银制手镯等工艺品中，说明金属宝石工艺已发展到一定水平。特别是新王国以后，黄金制品的大量出现，以及精工制作的随葬品技艺之高已令人惊叹！如从新王国十八王朝法老吐坦哈蒙的墓里发掘出来的随葬品，艺术价值之高，令世界震撼。吐坦哈蒙是宗教改革的法老埃赫拉东的女婿，也是他的继承人。不过吐坦哈蒙只活了十八岁，他的陵墓直到本世纪才被发现。墓中一具盖在法老木乃伊脸上的金像面具，形象极似法老本人。面具外还有一层金棺，镶嵌得极其富丽堂皇。反映了当时工匠艺人极高的金工技巧。

4
眼睛是
"灵魂之窗"

两河流域早期苏美尔人的雕刻，有一个奇怪的现象，这些雕像，一个个都有一双黑洞洞的大眼睛，这些眼睛开始都用彩色石头来镶嵌眼珠，只不过历史久远，这些彩色石块早已不知去向。这种处理手法基于一种观念，即他们认为眼睛是"灵魂之窗"，这种观念的形成，与两河流域特定的历史背景是分不开的。

在今伊拉克共和国一带有两条河流，西边是幼发拉底河，东边是底格里斯河，两条河流发源于东北部高原山脉，经叙利亚、伊拉克直至波斯湾流入大海。每年叶绿花红的季节，暴雨不断，水流湍急，带来丰富的冲积层，形

冥神的审判——"死者之书"

古苏美尔人雕像，
眼睛是"灵魂之窗"

47

乌尔王军旗,再现了古代两河流域的征战、凯旋、庆功和宴饮的场面(上图战争,下图凯旋)

成肥沃的土地。因此这是一块宝地，一颗璀璨的明珠。故从公元前8000年开始，东部高原的苏美尔人就来到这里，垒堰开渠，男耕女织，创造着古代文明。这就是另一伟大古文明摇篮——"美索不达米亚"。

"美索不达米亚"即两河中间的土地，这是一个富饶之乡，因此周围土地贫脊的高原游牧民族继苏美尔人之后也纷纷涌向这里，为争夺土地，掀起一场连一场的战争。在征战中，胜者为王，败者为寇，因此王朝更迭，变幻无常。先后经历了乌尔王朝、阿卡德王朝、巴比伦王朝、亚述帝国、新巴比伦王朝，直至波斯帝国。

因此，这是一部战争的历史，一块王宫与坟墓相互转换的风水之地，在生死无常、变幻莫测的动荡年代，他们无法像埃及人那样来沉思冥想死后灵魂的归宿，而是只关心眼睛看得见的现实：战争、权力和享乐。灵魂就映现在这双看得见大千世界变化莫测的眼睛上，这种观念在两河流域很多艺术作品中都有所体现。征战和享乐是两河美术描绘的两大重要主题。本世纪有的学者在对两河流域名城——乌尔进行发掘时，发现了两块镶嵌饰板，这两块描绘战争情节的饰板被称为《乌尔王军旗》。从描绘的情节中，不仅为我们再现了当年的激战场面，而且表现了当时人们追求及时行乐的人生态度。其中第一块饰板上下分三层，下层为出征与凯旋。饰有四轮战车由四头驴子拉着，车上站着战士，表示出征，另一辆战车下面躺着敌人，表示获胜，中层描绘激战与胜利的情景，有的搏斗，有的押送战俘，有戴盔甲、披战袍的战士列队行走。最上一层中间是乌尔王，他手持长矛正在视察战俘。第二块饰板也分三层，描绘庆功和宴饮。有国王和众臣相对而座，举杯狂饮，有战士们在往王宫运送战利品，驱赶牲畜，一片获胜喜悦的气氛。另一件阿卡德王朝时期的雕刻作品《纳拉姆辛纪功碑》。描写萨尔贡的孙子纳拉姆辛征服乌鲁贝依人的功绩，同样表现战争题材，也非常生动。这些作品是对两河流域频繁战争和他们的生活态度的生动记录。

庆典表演:猎射兽中之王(猎狮图

征服与被征服的生动
记录——纳拉姆辛纪功碑

女王精美的"牛头竖琴"

乌尔王的金头盔

戴活动假
发的女妖头像

51

　　两河流域由于连绵不断的战争,制造着无数入侵、废墟和死亡。艺术家跟随主人,参加讨伐,追逐野牛,寻猎猛狮,过着动荡不安的生活。因此他们根本无法沉思冥想,他们只能壮怀激烈地表现生活。雕刻家们的雕刻力,刻向人体的每一根神经,传递着血腥厮杀的坚毅和粗野的个性。发现于阿苏尔巴尼帕尔二世宫殿里的一幅著名浮雕《猎狮图》便是一例,这幅《猎狮图》记载一次庆典活动:亚述王阿苏尔巴尼帕尔二世,手持弓箭,站立于马车上;后面一只受伤雄狮,身中数箭,怒目仇视,张牙舞爪猛扑上来,前爪已搭上战车,垂死挣扎反扑;亚述王毫不惧色,勇敢地猛射狮子头部。驱车的两匹辕马惊恐万状,拼命奔驰,马蹄下还躺着一头射死的狮子。

　　还有一件发现于尼尼微宫殿里的著名浮雕《垂死的牝狮》,上刻一只牝狮,身中数箭,鲜血淋漓,后半部身子虽已瘫痪在地,但强壮的前爪仍挣扎着,地上撑起,另一只箭也扎入狮子臀部,腿上胫骨绷紧,狮爪肌肉凸起,给人一种垂死挣扎和痛苦之感。画面采用倾斜线构图,更增加一种运动的力量。两河艺术家把人的征战欲和镇定自若的勇猛精神,通过受伤的猛兽垂死挣扎,兽爪刨地,牙尖咬啐,骨骼嘎嘎作响的生动形象衬托出来。

　　两河流域关于直接表现战争场面的艺术品要算亚述王朝阿苏尔巴尼帕尔二世的尼姆鲁特宫殿里发现的一组《战争浮雕》最为典型。浮雕描绘国王远征,身先士卒,立于战车,向敌人射箭,士兵们猛冲猛杀,血肉横飞,一片互相拼死残杀的壮烈情景。这些以表现战功和武力为题材的艺术品,充分说明亚述人不同于古代埃及人。埃及人只会在冥想中聚精会神地追求解脱,而亚述人则把目光投向刀光剑影的战场和他们看得见的追逐猎物和宴饮享乐。无怪他们的眼睛是灵魂之窗。因为他们只要一睁眼,眼前呈现的景象往往就是野兽的咆哮和连续不断的征战和杀戮。因此他们的艺术家更是创造了一种新的方法,把人、狮、鹰、牛混合在一起,融为一个新的活生生的生命,呈现一种粗野和直率的和谐。也许这种对人的自身含意模糊,但却充

兽的痛苦挣扎,人的精神勇猛(垂死的牝狮)

太阳神把"公平的法律"传
授给人类(汉漠拉比法典石碑)

埃及国王和他的家人向神献计

满阳刚之烈的自信和力量,构成了他们关于肉体与灵魂的特有观念。

两河人关心现实生活,还表现在他们的智慧与创造。《汉漠拉比法典石碑》便是一例。公元前1760年汉漠拉比平息两河地区的动乱,建立了巴比伦王朝,他是一个具有军事天才和治国才能的君主,他的使命就是把"公平的法律"推广到各地。石碑上刻有汉漠拉比举手向坐在宝座上的太阳神宣誓,接受太阳神关于制订法典的传授,这是人类最早制订法律的生动记载。

关于建筑,从苏美尔——阿卡德人开始就已经利用生砖作为建筑材料并显示出重于装饰和雄伟的特色了。特别是他们采用穹窿与拱形结构是一大创造。当时国王十分重视建筑,有的还使自己作为建筑师身份出现。这从公元前2500年的拉格什力鸟尔——南歇的浮雕和此后三百年的国王古地亚之雕像上可以看出。

亚述王朝的建筑以萨尔贡二世(公元前772 – 前705年)的都尔——沙鲁金王宫为代表,这座王宫是建筑在七层石块垒起的两米高基台上,排列整齐高达14米的建筑物;内部拥有210间大厅和30个庭院,整个建筑又和巨大的雕像、精美的浮雕以及彩釉瓷砖装饰结合起来,显得极其富丽多彩。

新巴比伦王国在建筑方面以巴比伦城的豪华壮丽而著称于世。

巴比伦城自从尼布甲尼撒一世建都以来,一直在进行大规模的城中建设:王宫、神庙、大道和寺塔。著名的王宫附属建筑物"空中花园",即建立在城内的北角,被古代希腊称之为世界七大奇迹之一。古城的遗址在今伊拉克首都巴格达以南数十里。全部城墙长约13.2公里。每隔44米有一座塔楼,绕城共计有三百多个塔楼。城墙共有三道,最厚的一道有7.8米;最薄的也有3.3米。墙根与城外之间隔着一条宽阔的壕沟与土围,这是为了防范敌人的进犯,受到入侵时可以放水淹没城外周围一片土地,使敌人无法

接近城墙。而北面这座伊什塔尔大门,实际上是座四方形的高大望楼,望楼与望楼之间用拱形过道相衔接,它显得更为壮丽:共有两道城墙,高达 12 米,两旁有突出的塔楼。城墙与塔楼的墙面砌的是藏青色琉璃砖,整个墙面嵌饰着瓷砖制成的野牛和龙兽形象浮雕共 575 个。通贯这条伊什塔尔大门的,是一条呈南北向的城内大道,古代隆重的圣典游行行列都要通过这条大道,故称"圣道"。

伊什塔尔,是世界上最早的史诗——巴比伦英雄叙事诗《吉尔伽美什》中司爱情的女神。因此这座奉献给伊什塔尔女神的大门,后来也被称为"伊什塔尔女神之门"。这些浩大的宫殿建筑,不仅说明了两河流域的统治者并不像古代埃及那样关注死后,建造宏大的陵墓 (金字塔),期待着灵魂的复归,他们还认为眼睛是"灵魂之窗"。他们关心的是生前看得见的权力争夺和享乐生活。

两河地区的人们关注生前的享乐,还表现在许多精美的工艺品的制造上。如在乌尔地区女王"舒阿"墓室里发现的世界上最古老的竖琴。竖琴前有一个带假胡须的金饰牛头,它的眼睛、胡须和牛角尖都是用宝石镶嵌的,竖琴木板上还镶嵌着几何形的贝壳、红宝石和天青石。工艺之精妙,构思之奇特为世人罕见。

此外,在乌尔地区王陵墓群中发现的金头盔、黄金匕首,以及由木头、孔雀石等材料制成的象征性雕刻——《山羊和树》说明了这个时期贵族的富有和金属工艺制作的高超水平。

来自王座椅背上的图案(古埃及)

树林和女人(古希腊)

第三章

古代希腊罗马美术

希腊艺术是最"缺乏神秘感"的无比神秘奥妙的艺术。

希腊艺术是神人合一，并将完美人性变成了"魔性"的艺术。

希腊艺术源于自然，它是自然主义的艺术。正因为她具有一种自然美，才是无与伦比、空前绝后的艺术。

1 怪物的"迷宫"

希腊神话里有这样的传说，古代克里特国王的妻子生下了一个半人半牛的怪物，名为米诺陶洛斯，国王不愿外扬家丑，又不忍心加害自己的亲生骨肉，于是就请建筑师建造了一座宫殿，把米诺陶洛斯关在里面，每年要强迫附藩雅典献出童男童女各七人，供怪物吞食。雅典国王为此事非常苦恼，就将此事告诉了儿子忒修斯。忒修斯自告奋勇去克里特，准备杀死这头怪物。但这座宫殿构造十分复杂，被称为"迷宫"，即使能进去杀死怪物，自己也走不出来，克里特公主阿里阿德涅见此情景，决定帮助忒修斯，她给了他一个线团，一头系在宫外，忒修斯进去终于找到了怪物，并把它杀死。

1900 年，英国考古学家伊文斯在希腊克里特岛进行发掘，发现这座米诺斯"迷宫"的遗址，证明了希腊神话里所讲的故事并非虚构，当然这并非是半人半牛的怪物宫殿，而是一座王宫，这座王宫占地约两公顷。以中央的南北广场为中心，四周布以各种房屋，有柱廊和国王大厅、卧室、浴室、贮藏室和剧场。整个建筑群由于高低迂回、宽窄不等、大小不同之错综配合，给人以一种迷惑的感觉，神话中的"迷宫"大概就是由此而来。从王宫遗址中发掘出来的大量工艺品、精美的彩陶、饰以黄金和宝石的指环，以及雕刻和壁画，不仅可以看出当时王者生活的豪华，而且也证明了在公元前 3000 年至前 1200 年之间，在爱琴海区域，以克里特岛为中心，确实存在过一段相

当发达的经济与文化。这就是希腊太古时代的"爱琴文化"。

希腊太古时代，即公元前3000年至前1200年，经历了西克拉底斯时代、克里特时代、迈锡尼时代三个时期。西克拉底斯文化属于氏族公社制向奴隶制过渡阶段，主要表现在德国考古学家谢里曼在特洛依发现的一个众多黄金制品的宝藏和一些手制的粗糙陶器。在建筑方面，已有巨大的堡垒和长方形大厅，这种建筑是以后希腊建筑的雏形。

克里特文化属于早期奴隶制阶段，主要发掘物就是这座克诺索斯的米诺斯王宫，以及遗址中挖出来的壁画和泥塑，金、象牙雕刻。其中壁画上的女子，从衣着和发髻上看，堪与现代巴黎时髦女子相媲美，故有"巴黎女子"之称。陶制《持蛇女神像》，其女子身着长裙，胸乳裸露，头梳高髻，展现了当时宫廷妇女穿着的讲究和巫术崇拜的习俗。

迈锡尼文化是亚该亚人征服克里特岛以后，创造的早期奴隶制文化，主要遗址有谢里曼在迈锡尼发掘出来的所谓"阿特鲁斯宝库"。阿特鲁斯是特洛依战争中的英雄，亚该亚人的领袖和国王阿伽门农的父亲。这是一座陵墓，据说是国王阿迦门农的陵寝。墓道长36米，用大的石块叠成32层，其雄伟气派可想而知。墓中还出土有大量的金银珠宝。此外从斯巴达、伯罗奔尼撒岛发现的金杯、黄金匕首等，其手工艺精致程度，令现代人惊叹。其中一只金杯，上有浮雕，描绘捕野牛情景：一头野牛已给网子套住，另一头正在逃跑，第三头用牛角撞倒两个猎人。三头野牛的形象刻画生动，安排有致，四周以枝蔓和绳索加以点缀，富有装饰效果。

爱琴文化与古代埃及、两河流域的文化几乎是同时成长的，它以惊人的艺术成就为希腊文化打下了基础。

希腊文化不同于埃及文化，在那沙漠绿洲之国，火一般太阳在无情地燃烧着，东方暴君驱使奴隶为他们耕作农田，创造艺术，致使埃及的艺术风格几千年不变。地处地中海岸的古代希腊，温和的海洋性气候，优越的自然

史前克里特妇女的时尚和巫术崇拜习俗(持蛇女神)

人物立像

里拉琴手

嘴壶

63

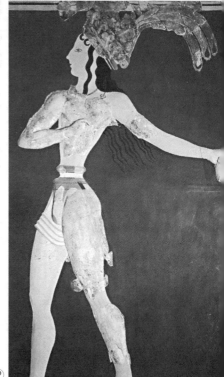

①宫女
②少女
③圆天井的壁画

条件，是历险的水手和海盗藏身之地。他们神出鬼没，通过经商和海上劫掠，积聚起巨大财富。约在公元前 1000 年左右，一些好战的部落崛起，从欧洲冲进这崎岖的希腊半岛和小亚细亚海岸，在战争中打败了原来的居民。被征服者回忆起那旷日持久的战争，叹惜战争摧毁了那些昔日的辉煌。这就是《荷马史诗》。希腊本土文化就此开始。以希腊盲诗人荷马吟唱的那两部史诗——《伊里亚特》和《奥德塞》为标志的希腊荷马时期（公元前 12 世纪至前 8 世纪），已完成了氏族向奴隶制社会的过渡。公元前 7 至前 6 世纪，希腊正式确定了奴隶制城邦国家，而且完成了在地中海及黑海沿岸的移民，史称"古风时代"，到了公元前 5 世纪希腊已进入全盛时期，这时希腊以强大的经济与军事实力，开展了一场反侵略战争——希波战争。希波战争的胜利进一步促进了雅典的繁荣，鼓舞了希腊人的创造精神，希腊文化进入了一个新阶段——古典时期。

　　希腊古典时期（公元前 490 年～公元前 4 世纪末）是文学艺术全面繁荣时期。就在希腊人自由地驰骋自己的想象，尽情地发挥艺术创造才能的时候，伯罗奔尼撒战场鏖战正酣，北方的马其顿王国经过扩军备战，于公元前 338 年，由国王腓力二世挥兵直指希腊，击败雅典、底比斯联军。其后，亚历山大子承父业，率军东征，建立起地跨欧、亚、非三洲的空前大帝国，使希腊进入"希腊化时期"。

　　希腊化时期（公元前 323 年～公元 30 年）是希腊文化由民主性、全民性走向专制化、个性化的新时期。

　　古代希腊文化不同于埃及，突出地表现在人们的观念不同。从希腊太古开始，克里特人死后均实行火葬，把骨灰放在陶罐中，不像埃及人那样精心制作陵墓。埃及人死后期待着灵魂的复归；而希腊人认为人与神没有不可逾越的鸿沟，因此大力兴建神庙，为神提供"住所"，从而使希腊建筑得到了空前的发展。

　　关于希腊建筑，我们在叙述怪物的"迷宫"时，已可窥见当时建筑之庞大与复杂。到了荷马时代，尽管建筑还极其简陋，使用材料仍以木柱和生砖为主，但在爱琴文化时期所创造的主室式建筑的基础上发展成一种叫围柱式庙宇，为后来希腊的神庙建筑奠定了基本形制。

　　古风时代的建筑开始使用石材，而且出现了两种不同风格的柱式，即"多利亚式"和"伊奥尼亚式"。前者以多利亚人的农业经济为基础，具有坚毅、庄重、朴实的特点，石柱不设柱基，柱身上细下粗，上下有十六至二十条并列的凹槽。后者以工商业为基础，由3部分组成：基座、柱身和盖盘。柱身较细，凹槽也较多，柱头有大圆形涡卷作装饰，较之多利亚式有轻快、流利、活泼的特点。

　　希腊建筑发展的高峰在古典时期。希波战争后，希腊打败了波斯人，豪夺强取了大量的财富。由于在战争中雅典的建筑遭到很大破坏，因此当时的执政者伯里克利斯召募贤才，集聚雅典，大兴土木，决定重建雅典卫城建筑群。其中主要建筑物有三座，巴底隆神殿、厄勒克西奥神殿和胜利女神尼开庙。其中巴底隆神殿最为壮观。

　　巴底隆神殿是供奉雅典的保护神——智慧女神雅典娜的，也称雅典娜神庙。始建于公元前447年，至公元前438年基本完工。神殿采用围柱式结构，即东西两侧各8根立柱，南北两翼各17根立柱，柱高为10.4米，庙宇呈矩形，长70米、宽31米。整个庙宇用白色大理石为材料，并以大量青铜雕刻作装饰。在神殿外，卫城上还竖立一尊巨大的雅典娜青铜像。此像为菲底亚斯所作。整个建筑壮丽宏伟，和谐秀美，标志着希腊艺术进入了一个繁荣的黄金时代。

　　伯罗奔尼撒战争以后，希腊建筑失去昔日那种崇高、和谐的特点，而向秀丽、纤巧风格发展。在"伊奥尼亚式"柱式的基础上又出现了一种新样式，即"科林斯式"。"科林斯式"是"伊奥尼亚式"的一种发展和变体，它的柱身

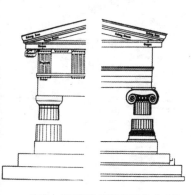

希腊古风时期的两种建筑柱式（多利亚式与伊奥尼亚式）

雅典守护神之庙的少女廊柱

雅典胜利女神神殿

神的宫殿，人的奇迹（巴底隆神殿）

希腊建筑"科林斯式"柱式

更细长，一般是柱径的10倍，柱头有一束爵状植物叶丛集成的类似大花篮。这种建筑兴起于科林斯城，据说是一建筑师受一花篮启发而设计的。如雅典的李西克特音乐纪念亭，便是典型的"科林斯式"的建筑。

古典晚期和希腊化时期的建筑，神殿建筑相对减少，取而代之的是广场、议事厅、学校、商店、元老院和住宅等城市建筑。显然这是进入君主专制时代，统治者追求豪华与威严的产物。

希腊绘画集中表现在希腊陶瓶的装饰绘画上，即希腊瓶画。希腊陶器早就闻名于世，其烧制技术、质量、造型以及陶绘，古代任何国家也难与之相媲美。古风时期以后，在克里特岛、小亚细亚沿岸、希腊大陆，特别是在科林斯等地，瓶画艺术广为盛行。

希腊瓶画的样式有："黑绘式"：即在红或淡蓝的底子上画黑花，轮廓线往往用刀刻出来，人物多以侧面形象为主。

"红绘式"：其色泽处理正好与"黑绘式"相反，即在花纹外面涂满了光亮的黑色，器底的红色成了花纹的色泽。

"彩绘式"：即在白底上作白描的绘制样式。这种陶瓶多为殉葬明器，故它的陶画题材也多为祭仪图景。

希腊瓶画的题材大多数还是以神话传说为主，如有一黑绘式陶瓶，其瓶画内容为《狄俄尼索斯航海》，描写希腊神话中狄俄尼索斯航海遇盗的故事：酒神狄俄尼索斯在返回希腊途中，乘一盗船。海盗们把他绑起，并戴上镣铐，准备把他当奴隶卖掉。酒神施魔法，使镣铐自行脱落，并绕船桅生出常青藤，船帆顶上长出葡萄蔓。海盗见此惊骇万分，纷纷跳海，变成了海豚。瓶画是在一圆形的器底空间中绘制的，中部为一大船，酒神坐在船上，上有七串葡萄，周围有七只海豚。简洁、概括地表达了这一复杂故事情节。相传这是当时著名瓶画家埃克斯基亚绘制的。

①

②

③

希腊瓶画：
①船中的酒神狄俄
  尼索斯
②神的侍酒俊童
③欢宴
④阿萨喀黑绘式双耳
  壶
⑤在酒神巴克斯的女
  祭司们之间的酒神
  狄俄尼索斯

④

⑤

2 "放荡"的神王

神话，是人类在启蒙时期，企图探索自然，解释自然现象的思维活动的结果，也是特定时代、特定民族人们心态和观念的一种反映。在古代希腊，人们看到雷鸣电闪，就以为天上有一个巨灵在掌管着，于是就创造了一个掌握雷电的天神宙斯。春天来了，希腊人愉快地生活在春光明媚的爱琴海边，于是就创造了一个春女神。寒冬将至，人们又创造了一个地府冥王把春女神抢去，于是大地为之悲痛，万物凋零枯萎的神话故事。久之，丰富的希腊神话这样形成了。

宙斯是希腊神话中的神王，宙斯的形成，反映了希腊人对宇宙形成的解释：在希腊神话中，未有宇宙之初，一切都处在无垠黑暗之中，有一位叫卡俄斯的神和他的妻子倪克斯统治一切。久之，他们倦于统治，令儿子厄瑞部斯 (黑暗) 助政。厄瑞部斯伺机推翻父王自立为王，娶母为妻，生菲比 (光明) 与希墨洛斯 (白昼)。而这两个儿子长大也推翻了厄瑞部斯，自己来统治。这时卡俄斯王朝彻底解体，轻的上升为天，重的下沉为地，于是天地形成了。卡俄斯王朝的神灵还创造了地与海，以及大地上的花草树木、飞禽走兽。大地之母该亚生出了天神乌刺诺斯。乌刺诺斯又与其母生了十二个提坦 (第一代神族)，为了怕他们长大争夺王位，乌刺诺斯把他们全部抛入地下，后来提坦之一——克洛诺斯聚众哗变，推翻父亲乌刺诺斯，自立为王，娶妹瑞亚为妻。克洛诺斯怕将来儿子也要篡夺王位，便把妻子生下的孩子，一个个地吞下肚去。瑞亚见心爱孩子一个个被丈夫吃掉，动了母爱之情，当生下第六个孩子时，就偷偷以石块包成小孩状，让丈夫吞下，并将替换下来的孩子放在克里特岛上一个大山洞里，派女仙辅养。后来孩子长大了，还是打倒了父亲，夺取王位，并从父亲肚子里救出被吞下去的哥哥姐姐，组成了神的家族。这个孩子就是天神宙斯。

和偶像跳舞(古希腊)

　　宙斯接管王位之后,娶姐赫拉为妻,并对其他哥哥姐姐——"封官",大哥哈里斯为冥神,二哥波塞冬为海神,姐姐墨忒耳为新地母,另一位最大的姐姐赫斯提亚作了贞女神。他自己做了雷电之神,统治全宇宙,天上地下一切都在他管辖之内。神王宙斯虽娶赫拉为妻,但在人间和神界还有许多妻子和情人。墨忒斯是他在人间第一个妻子,宙斯与她结婚后,想起祖父和父亲都毁于儿子之手的事实,于是宙斯比他父辈还要厉害,他父亲只是吃掉孩子,而他连怀孕的妻子也一股脑儿地吞下肚。于是头痛难忍,请冶炼神赫准斯托斯用斧子把头劈开,这时从他脑子里跳出一个智慧女神雅典娜来。

　　女神勒托美丽异常,被宙斯爱上了,宙斯妻子赫拉出于妒嫉,把怀孕的勒托赶出神的居所奥林匹斯神山,并遍令大地一律不准收留勒托,宙斯只好把她安置在海神管辖的爱琴海中的一个浮岛上,在那里勒托生了太阳神阿波罗和月神阿耳忒弥斯。更有甚者,宙斯还化成一阵金雨洒进一座铜塔与国王阿克里斯俄斯的女儿达那厄幽会,生下了英雄珀耳修斯。这位英雄以后他斩魔除妖,为民除害。

　　神王宙斯的"放荡"行为,不仅反映了神权的至高无上,而且也反映了当时希腊社会一种特殊的男女婚配制度以及广泛存在着的男女性爱自由。

　　公元前1200年至前1000年间,希腊人渡过了爱琴海,占领了爱琴海诸岛屿。当这个民族出现在这些岛屿上之后,抱着一种簇新的人生观。既不象印度人、埃及人沉溺于伟大的宗教观念,也不象亚述人、波斯人致力于庞大的社会组织,也不象腓尼基人、迦太基人经营大规模工商业。他们不采取神权统治和等级制度,不采取君主政体和官吏制度,不设立经商与贸易大机构,却发明了一种新的东西,叫做城邦。大大小小的城邦星罗棋布。城邦里的希腊人叫做自由民,他们很少亲自劳动,有被征服的奴隶服侍。雅典平均每个公民有4个奴隶,爱琴、科林斯的奴隶达四五十万。其实这些奴隶的

沙普伏(希腊)

主要任务不是侍候主人的生活起居，而是帮助主人从事劳动，充当工匠艺人。因为这些公民生活很简单，三颗橄榄，一个洋葱，一个沙田鱼头，便能度日，全部衣着只有一双凉鞋，一种单袖短褂（希腊人穿的衬衣只有一只袖子），一件象牧羊人穿的宽大长袍。住房简陋，窃贼可以穿墙而过，因为室内除了一张床，两三个美丽的水壶，别无它物。公民的职责，一是管理公共事务，希腊公民都有权管理国家大事，平时集聚在广场，穿着长袍，高谈阔论，似乎人人都是哲学家。二是参加战争，这些城邦分散在地中海沿岸，而周围尽是一些跃跃欲试，想来侵犯的蛮族，一旦战败，整个城邦将夷为平地，任何有钱而体面的人，一夜之间将可能房子被烧，财产被抢，妻女被卖入妓院，他和儿子将终身为奴，不是送去开矿，便是任皮鞭下推磨。因此人人必须关心国事，学会打仗。而当时打仗全凭肉搏。这就要求青年男女，身体越强壮矫捷越好。为了有强壮完美的身体，必须先制造一个强壮的种族，"他们的办法就像为改良马种而办马种场一般。体格有缺陷的婴儿一律处死，老夫而有少妻的，必须带一个青年男子回家，以便生养体格健全的孩子。中年人倘有一个性格与体格使他佩服的朋友，可以把妻子借给他，以制造优良种族"。正因为如此，希腊人非但不把男女性爱视为羞耻，而是鼓励甚至法定要"择优交配，制造良种"。世俗如此，神界当然也一样，在"荷马史诗"里，到处可见世间的英雄可以做女神的情人，天上的神明也会与人间女子生儿育女。神与人一样，有愤怒、有肉欲，具备所有人的欲望与肉体所有的性能，不但宙斯如此，连美神维纳斯也因为丈夫是一个又老又丑的跛子而与战神阿瑞斯私通，还生了一个小爱神丘比特。这种特有的风气，使他们产生了一种特殊的观念，那就是最健壮的男女被视为无上的荣耀。为了显示其健美的人体，希腊青年男女不以裸体为羞，反而引以为荣。运动场上，成了炫耀裸体的肉体展览，角斗获胜者，将被抬着在观众面前裸体游行。崇尚健美的人体，从而产生了人体艺术，这是很自然的。对于获奖的运动员，诗

人创作诗歌来对他们加以歌咏,雕塑家为他们塑像。在当时社会风气下,雕刻家可以在浴场、健身场、在敬神的舞蹈以及竞技中,观察到裸体的动作,健康活泼的姿态,从而发展了他们肉体美的观念,完善了他们塑造人体美的技巧。正因为如此,雕塑成了希腊的中心艺术。一切别的艺术都以雕塑为主,或是陪衬雕塑,或是模仿雕塑,从而使希腊雕刻获得了巨大的发展。后来罗马人占领希腊后,在清理希腊遗物时,发现城中雕像的数目竟和居民的数目差不多。

在希腊人崇尚健美的观念影响下,在人体雕刻中,有不少是以表现运动员为题材的。《掷铁饼的运动员》为古典初期著名雕刻家米隆所作。据载,掷铁饼者,弯着腰,侧转着头瞧自己手中的铁饼,一条腿稍有弯曲,正准备直起腰将铁饼投出去。

米隆在这尊雕像中最终解决了雕塑中一个支点问题,把掷铁饼这一复杂动作从开始到完成都集中在一个动作瞬间,使力度感与运动感在抬起的脚,挥起的手与扭转的腰际间贯流,最后凝聚成一股猝发的猛气。由于米隆的成功探索,后来在雕刻上再现战争场面,表现激烈的动势,痛苦的挣扎才有可能吐纳畅快,惟妙惟肖。现存这尊雕刻为摹制品。

《刮汗污的运动员》为希腊雕刻家列西普斯作于公元前330年,表现了这位运动员一个动作刚结束,下一个动作即将开始的瞬间。脸上的劳累表情和全身肌肉的紧张状态,似乎有点疲惫感。作品中的人物,形体修长,头与身体的比例为1比8。这是列西普斯在实际观察中,得出的运动健儿最美的比例。这些裸体运动健儿的雕刻,进一步证明了当时希腊人的观念和时尚。

希腊雕刻成熟于公元前五世纪以后,这个时期产生了许多不朽雕刻作品和伟大雕刻家,其中最为杰出的是米隆、菲底亚斯和坡里克列特三位大师。

健美的人体，运动的旋律（掷铁饼的运动员）

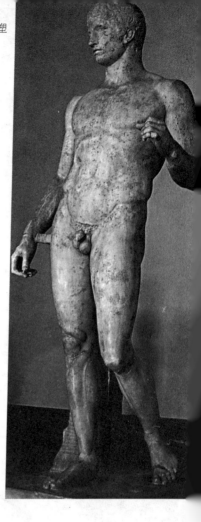

雅典娜女神像

　　米隆长期生活在雅典，创作活动大约在公元前 480 年至前 445 年之间，他的作品有神话传说、体育活动以及乡村生活等。最有名的作品除《掷铁饼的运动员》之外，还有描写女神与山林之神的故事《雅典娜与马尔斯亚》。雅典娜曾制造了一只动听的笛子，由于她发现吹奏时两腮鼓起破坏了他的容貌，一气之下把它扔在地下，这时站在她后面的半人半兽的山林之神马尔斯亚想伸手去捡，女神发觉后猛一转身怒目而视，这使马尔斯亚在惊惧之余不由自主地倒退了一步，笛子也脱手落地。雕刻家抓住这高潮一刹那，表现了不同性格的冲突和"美"与"丑"的对比。在刻画人物心理之细腻程度上，十分令人惊叹。

　　菲底亚斯是希腊繁荣时代的最伟大的雕刻家。他是雅典人卡尔米特斯之子，他与当时当政者伯里克利斯关系甚密，曾任雅典卫城重建工程总监。传说他在制作巴底隆神殿中的《雅典娜处女像》时贪污了黄金，又在雅典娜女神之盾牌浮雕装饰上雕上伯里克利斯和他自己的肖像，被认为是贪污与亵渎神灵之罪而被告入狱，后经奥林匹亚人保释，为宙斯神庙作了雕刻宙斯巨像。这些传说，说明菲底亚斯的雕刻艺术在当时确实是驰名的。

　　菲底亚斯的代表作品有《雅典娜处女像》、《黄金象牙宙斯坐像》等。其中《雅典娜处女像》为巴底农神殿中的主神像，全用黄金象牙制成，雕像高 12 米，雅典娜头戴尖盔，盔上有神兽司芬克斯蹲在中间，两边站着两只狮身鹫咀而有翅的格里芬，胸前护心镜上装饰着墨杜莎的头，右手托着胜利女神尼开，左手放在大盾上，盾的外面刻着希腊人与阿玛宗人之战，这上面有一个双手举起石头的老人就是雕刻家自己，而那个把长矛举到面前来的人就是雅典执政者伯里克利斯。女神穿的长裙用金叶装饰，衣裙可以脱下，女神眼睛用宝石嵌上。女神庄严优美，高雅不俗。这尊作品和菲底亚斯其它作品一样均未得保留下来，所幸这件作品在雅典发现有大理石摹品。

　　坡里克利特是希腊伯罗奔尼撒派雕刻传统的继承人，这一派以青铜为

主要制作材料，以运动员、竞技士等现实人物为主要表现对象，坡里克利特的艺术成就，集中表现在理论上，他著的《法规》，运用数的关系来研究雕像的美，代表作品《荷矛的战士》又名《持枪的运动员》就是他《法规》理论的范例。这位年轻的战士，体格强健，肌肉发达，身长与头的比例是 7:1。坡里克利特认为，只有这个比例数才是最美的数。他的比例说与当时毕达哥拉斯学派的美学观是相一致的。这一学派认为"数的和谐就是支配一切生活现象的客观规律性"。坡里克利特的比例法规，成了当时赞赏人体美的一种理想标准。

这 3 位雕刻家，坡里克利特表现了一种静态美，米隆表现了一种动态美，而菲底亚斯把二者结合起来，给大理石雕刻赋予更多的生命力以及英雄主义内涵。

公元前 4 世纪希腊雕刻是以 3 个人的名字及其作品为代表。这 3 位伟大雕刻家是普拉克西特莱斯、史柯巴斯和列西普斯。

普拉克西特莱斯的雕刻是以"优美的样式"而闻名于世的。作品给人以一种深思冥想而娴雅的女性美，如他的作品《赫尔美斯与底奥尼索斯》，女神面部呈现出一种女性的娴静与温柔，并从眸子里流露出人世间那种深沉思绪，说明作者已打破了过去的传统意识，不再拘泥于神的固有观念，而赋予神一种世俗的现实精神。

史柯巴斯的作品注意表现人的激情和力量，传达一种强烈的感情，通常把人物刻画成眼窝深陷，目光凝视，表达一种坚毅的性格和渴望的情绪。这和普拉克西特莱斯的风格是大相迥异的。他的作品如《酗酒的女人》、《战士的头》等都突出地表现出这一特点。

列西普斯和坡里克利特都是昔克翁人，都是昔克翁派（即伯罗奔尼撒派）的艺术家，他的作品题材广泛，魄力雄厚，而且是一个多产的雕刻家，据说他生平共创作大小青铜像 1500 多个。《赫拉克勒斯》雕像，和前面讲的

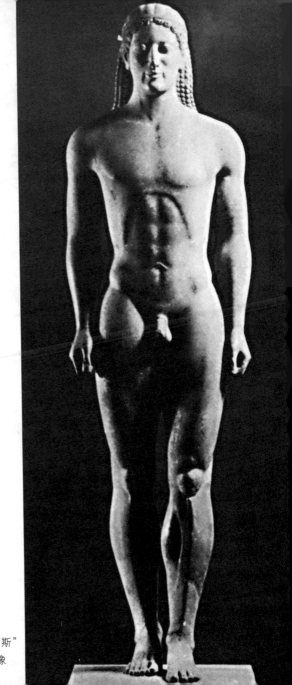

古风时期"库罗斯"
(意即小伙子)裸体之像

希腊神庙山墙上的东方箭手。

希腊神庙山墙上的箭手

《刮汗污的运动员》一样，也是以表现运动员休息与困乏精神状态为题材，可见他在创作构思上有自己独特之处。

希腊化时期，出现了两个典型的地方派，即小亚细亚的"柏加马派"和"罗得岛派"，这两个地方派雕刻均以表现激动与骚动为主要特征。

柏加马是公元前284年独立的希腊化国家之一，当国王阿塔乐士战胜了来侵的高卢人之后，国势空前强大，国王阿塔乐士为纪念这次胜利，召请一些雕刻家制作了一些纪念性青铜头像，其中《受伤的高卢人》和《杀妻后自杀的高卢人》(其出土均为大理石复制品)尤为典型。雕刻家把即将垂死或失败的"蛮族"，表现得具有无限的感情和力量。艺术家采用了别出心裁的构思，用侵略者的悲惨遭遇和失败后不甘屈辱的表情，来说明胜利者的骄傲和幸福。

罗得岛在公元前三世纪已是希腊重要的运输港埠，同时也是艺术中心之一。大雕刻家列西普斯的弟弟卡勒斯曾以12年时间为此岛制作了一个高达34米的青铜太阳神像，其壮丽可以想见，只可惜公元前227年毁于地震。

"罗得岛派"最有名的雕刻是16世纪在罗马发现的《拉奥孔》。它描写在希腊和特洛依十年之战中，特洛依城的阿波罗神庙老祭司拉奥孔在揭穿希腊人的诡计——木马计之后，受到雅典娜和众神的惩罚的悲惨情景。雅典娜要毁灭特洛依城，而拉奥孔却违背了她的意志，因此派遣两条巨蛇把拉奥孔父子三人活活缠死。

那垂死挣扎的痛苦状态和紧张、激动的气氛，是极其震撼人心的。当这件作品发现后，就连文艺复兴时期最伟大的雕刻家米开朗基罗也感叹："艺术之不可思议！"

阿芙罗底德又名维纳斯，是爱与美的女神，她是希腊神话中最富有诗意的温柔的女神，据传，她是克洛诺斯与其父乌剌诺斯在争夺王位的战争

3
阿芙罗底德
玉体毕现

中，乌刺诺斯被克洛诺斯砍伤，他的血滴落在爱琴海，泛起一阵海水的泡沫，而从中出现的一个美丽绝伦的少女。

阿芙罗底德是爱神，她使很多青年恋人终成眷属，获得了美满的生活。她是女人中的绝代佳人，她以胜过天后赫拉和智慧女神雅典娜的容貌而夺得金苹果。而她却又是一个最不幸的女神，她的丈夫是一个又老又丑的跛子赫准斯托斯。她热恋着美少年阿多尼斯，却得不到阿多尼斯的爱，她唯一得到过战神阿瑞斯的爱，与他生了一个带双翼的孩子名叫丘比特，却是一个盲童。因此世界上的爱总是有些悲剧或不尽如人意。

1820年4月8日，爱琴海米罗岛上一个名叫约尔哥斯的农民在挖地时挖到了半尊女人的石雕残像，他立即根据这个线索在周围继续挖掘，终于又发现了这尊残雕的下半身。这就是著名的《米罗岛上的阿芙罗底德》。这尊雕像几经易手，现藏法国卢浮宫博物馆。当年法国获得此像时，全国沸腾，视如国宝，卢浮宫专辟一室，安放此像并奉为镇馆之宝，可见人们对这尊雕像的重视与喜爱程度。

关于这尊雕像产生的年代，众说不一，但从整体风格来分析，应断定是希腊化时期作品。因为这尊雕像沿袭了公元前五世纪后期的雕刻风格与传统，是迄今为止被发现的希腊女性雕刻中最美的一尊，象征着古代希腊雕刻的最高水平。

希腊雕刻艺术的发展经历了一段漫长的历程。大约从古风时期开始，希腊人模仿埃及以及亚述人的模式，跟他们学习怎样制作男子立像，怎样标出躯体各部分的界限和把他们联成一体的肌肉。但是希腊人的民主政体和埃及的君主专制的制度不同，埃及艺术家总是尽可能亦步亦趋地严格遵守他们前人的神圣法则。而希腊人从开始就显示出他们在艺术创造上的探

公元三世纪希腊少女头像

公元前一世纪(古希腊)阿芙罗狄德美神

85

索和试验性。希腊雕刻家相信自己的眼睛,在随处可见的男女裸体各种生动的姿态中,可以观察到,并非双脚都僵硬地站立在地面上就可显得大有生气。在古风时期保留下来的两尊直立男像身上就可以发现这种细微的变化,其中一尊直立,左腿在前,两臂下垂,两手握拳,发呈辫式。很明显保留着古代埃及的遗风。另一尊虽然也保留这一程式,但动作不像前者过于僵硬,一前一后的两脚的腿部,空间比较自如,显然他是有意想弄清膝盖到底看起来是什么样子。尽管塑造得还不成功,但可以看出有了他的想法,他们不愿去沿袭陈规旧例。

公元前490年,波斯王大流士一世挥戈远征希腊,直捣卫城雅典,与希腊人展开了一场恶战。虽然希腊军队数量不能和波斯相比,但在希腊民主政治的感召下,人人英勇善战,终于打败了入侵的波斯军队。波希战争以后,更加增强了希腊人的自信心,雅典国家决心振兴奴隶民主政治,重建被战争破坏的雅典,发展文化艺术,从而使希腊艺术进入了一个辉煌时代。这个时期的希腊雕塑与这个辉煌时代关系极大,作品的特点一是高大,据说当时菲底亚斯作的《黄金象牙宙斯坐像》高14米(一说高20米),二是豪华,不少雕像采用黄金、象牙和宝石加以装饰。三是威严,如菲底亚斯所作的《雅典娜处女像》高9米,站在雅典城上,手持长矛,全副武装,她的盔顶和枪尖使航海的人很远就可以看见。这尊雕像体现了希腊人的自尊、自信和不可战胜的力量。

这个时期希腊雕刻艺术的题材,除了运动员之外,在神话题材方面主要有宙斯、太阳神阿波罗、智慧女神雅典娜、胜利女神尼开等,而美神维纳斯却从来不被人们注意。直到希腊化时期以后,美神维纳斯才重见天日,各种各样的维纳斯相继出现,有站着的维纳斯,蹲着的维纳斯,还有那著名的米罗岛上的维纳斯。这与希腊化时期以后,民主政治逐渐消失,君主专制开始形成,人们的审美趣味发生了变化有关;同时也由于社会生产力的发

展与人类认识能力的进步，从而扩大了人们的审美领域。

据载，古希腊雕刻史上第一尊全裸型女人雕像是一尊被称为《叩伦纳的阿芙罗底德》。当时这尊雕像一出现，立即引起时人轰动，说明古代希腊人注重女性人体比重视男性健美的人体要晚得多，当然这与希腊早期的城邦自治，特别重视男性健壮的体魄有关。希腊化时期以后，贵族和奴隶主为了追求生活享乐，已把过去向往健美体魄以及表彰希腊公民行为的理想抛在脑后，这尊雕像已把女性人体的丰满和纯肉感表现得淋漓尽致。另一尊《蹲着的阿芙罗底德》也同样如此，白璧无瑕的肉体与蹲下去的丰满体态，使人感受到女性那种特有的青春魅力。

当然，最令人倾倒的还是那尊《米罗岛上的阿芙罗底德》即通常称之为维纳斯的雕像。这尊雕像高 204 厘米（扣除底座）雕像身高正好是头 26.7 厘米的八倍稍弱，其余各部分的度量比差为 5：8，整个造型既有曲线倾斜，又使人感到十分稳固。5：8 的比值迄今为止为人类共同的审美规律，即"黄金分割律"。

公元前 6 世纪以后，希腊人在东方诸国传袭来的种种知识的基础上，经过消化吸收，批判整理，推动了古希腊科学与哲学的发展。这个实行民主政体的国家，开放性的政治生活，促成一部分智人脱颖而出，毕达哥拉斯、苏格拉底、伯拉图、亚里斯多德等等，在物理学、数学、医学、生物学、植物学、地理学、历史学以及哲学、逻辑学等学科纷纷建立起各自不同的理论和学说。长篇大论，娓娓动听。数学家奥诺庇底斯断定太阳年的长度为 365 日8 小时 57 分。智人墨同在此基础上编制了太阳历法。毕达哥拉斯认为：整个自然界不是别的，而只是数与量的种种组合而已。因此他用数来测知天文地理，并为世界事物拟定了 10 个"始基"，认为这 10 个始基的相互契合，便是万事万物的和谐存在。在数的基础上，希腊人发现了和谐的美学原则，黄金分割比例就是以人体一种最和谐的比例数来揭示人体美的奥妙。因为

出水芙蓉、婷婷玉立，
美神阿芙罗底德玉体毕现

阿芙罗底德的诞生

头部与全身比例由 1：7 发展为 1：8，而这个头身比例的意义，并不单是头部和全身的关系。具有这种 1：8 的比例，更重要的是 8 这个数的构成要素，8 是 3 加 5 的和。分割成所谓 3：5：8 这样的整数比（菲波纳奇级数），即构成了黄金分割比的近似值。8：5 也好，5：3 也罢，都是黄金比的近似值，如果是 8 个头的身体，脐部成为黄金分割点，并将全身分割成 3：5：8 的整数比，因此，特别对优美的女性像，这个比例将是理想的。5：8 的比值不仅是属于西方世界的比例观念，它历经埃及、希腊直至罗马等时代，迄今这个比例观念仍是人类共同的审美规律。中世纪时这个值被神化了，称其为"神授比例法"。15 世纪末，一名叫路加·巴乔里的传教士，有感于它的比值之奥妙，便用"黄金"一词将其定名。由于黄金分割比例揭示了美学的奥妙所在，把审美与人的生理和谐一致，从而摆脱了官感刺激，富于了更多的人文内涵。希腊人就是这样来运用他们独特的智慧，孜孜不倦地追求推敲关于美的形式规律，探索人体比例，以及谐调、适度这些美的因素，从而使雕塑获得了完美的人体这一定性。但希腊雕刻的主题绝大部分是神而不是人。神和人虽然是同形同性，但神性则完全不同于人的单纯的主体性。希腊人认为单纯的主体性往往受特定环境及变化的摆布，所以希腊人把单纯的主体性排除在雕塑的表现范围之外，而认为雕塑应该表现的是神性，也就是客观精神性（不受人的单纯主体性的干扰）。因为神性是不灭的，完全不受时间和空间限制的。所以在雕塑作品中，就可以不考虑时空的观念，不应表现出运动，应显现出无限的静穆和崇高。但由于神性要表现于有机的人体，这就必然要牵涉到人性，希腊人认为，即是这样，单纯主体性也不能影响神性的表现，在雕刻上所显示出来人的定性应该是代表普遍理想和客观精神的实体。这样，外部人体的优美和内部静穆品格的结合，形成了希腊雕塑的主要特点——静穆之美。

我们在早期的一尊失去头部的萨莫斯女立像上可以看出，虽然她有东

方艺术的强烈影响，即图案化、线条和体积并用，但是线条流畅而且变化微妙，身体比例适度，毫无呆滞之感。到了极盛期的希腊艺术家既不满足于用普泛的偶然的轮廓和表现方式去暗示他所要表现的同样普泛的观念（印象），而对于个别特殊部分也不采取从外在世界偶然碰到的一些形式。他们知道怎样凭他们的独特的自由创造力，把精神世界个别特殊偶然发生的事件和人物形体的一般形式纳在仍能见出个性的和谐的统一体里，即透彻地显示出他所要表现的那种精神内容，又显示出艺术家自己的生气及构思，并把自己的灵魂灌注到作品里去。公元 1 世纪，希腊雕塑向个性方面前进了一步，这是由于伯罗奔尼撒战争痛苦的创伤以及诗人哲学家的遗训使人们意识到人本身的价值和在外部力量抗争中人本身的作用。这种观念在雕塑中反射为这个时代的主要特色。著名的米罗岛上的阿芙罗底德玉体毕现，风姿绰约。她微启朱唇，泛起优美的微笑；双眸谛视，含情脉脉，闪烁着晶莹又欢快的秋波。美神纯洁典雅，毫无半点娇艳和羞怯，端庄妩媚，优美动人。为后世的艺术树立了不朽的古典美的典范。

除了《米罗岛上的阿芙罗底德》外，还有一件与之相媲美的作品那就是前面曾提到过的"罗得岛派"的《拉奥孔》，尽管德国诗人兼美学家莱辛曾以此为名写成了他那本著名的美学论著《拉奥孔》，书中曾批评"拉奥孔面孔所表现的痛苦并不如人们根据这痛苦的强度所应期待的表情那么激烈"，但它仍然是一尊忠实再现自然并善于进行美的加工的典范性作品。《拉奥孔》雕像和《米罗岛上的阿芙罗底德》雕刻不仅有异曲同工之妙，而且拉奥孔的故事与美神维纳斯还有着一段复杂的瓜葛，拉奥孔父子之死，美神阿芙罗底德有着不可推卸的责任，故事的起因是这样的：

荻萨利亚王和海仙的女儿举行婚礼时，邀请了奥林匹斯所有的神，唯独没有邀请专爱闹事的女神厄里斯，厄里斯一气之下，腾云驾雾飞临婚礼场所，投下了一个书有"赠给最美的女神"的金苹果。众女神见到这个金苹

父子三人被毒蛇死死缠住，他们正在与死神作最后挣扎(拉奥孔群像)

果,都想占为己有。于是大家决定在赫拉、雅典娜和阿芙罗底德三女神中选择。宙斯因妻子赫拉竞选,不宜介入,故决定由赫耳墨斯带领三女神去找公正的裁判人,最后找来了特洛依王子帕里斯作仲裁。但这三位都是绝代佳人,帕里斯无法裁判。三女神为获得金苹果都急不可待地讨好帕里斯:天后赫拉承诺让帕里斯成为世界之王;雅典娜答应使帕里斯成为大智大勇;唯独阿芙罗底德猜透青年王子的心,许诺找一个世界最美的女人给帕里斯为妻。青年王子还是为美色所诱惑,使阿芙罗底德获得了金苹果。而阿芙罗底德也不失言,她把斯巴达王墨涅拉俄斯的妻子、全世界最美的女人海伦拐骗给了帕里斯。斯巴达王墨涅拉俄斯当然不肯善罢干休,为夺回妻子,号召他的同盟,调集了强大的联军,在他的兄长迈锡尼干阿迦门农的指挥下,渡海来到特洛依,从而引发了一场牵连整个神界,绵延十年之久的神人混战。这就是有名的"特洛依之战"。最后特洛依城市陷落,海伦被夺回,这些都记载在希腊盲诗人荷马的史诗里。

就在特洛依战争两军对垒各不相让的时候。希腊方面由伊大卡国王俄底修斯出一计谋,制造一只巨大木马,内藏希腊精兵,放在特洛依城外,退兵时还特地派一名善巧辩的士兵赛农伪装受希腊人迫害者被俘。当这一诡计被特洛依城祭司拉奥孔识破并大力劝阻千万别接受这匹木马时,那个伪装的赛农花言巧语在特洛依国王面前撒谎,说这是希腊人赔给特洛依城的礼物。说得国王不得不信。与此同时因雅典娜是俄底修斯的保护神,因此雅典娜遣两条巨蛇,将拉奥孔父子三人活活缠死。

《拉奥孔》群像刻划了拉奥孔父子三人被蛇死死缠住,正在无力挣扎的那一刹那。这座群像于1506年在罗马的提图期浴场遗址附近发现。根据有关资料,为公元前1世纪中叶由希腊罗得岛上的三大雕塑家阿基桑德罗斯、波留多罗斯和阿典诺多罗斯集体创作。莱辛根据这一雕塑所写《拉奥孔》的美学论著,详尽的研究了这尊群像,并探讨了绘画与诗的美学关系。

莱辛所提出的拉奥孔的表现的痛苦多少还停留于表面，这是由于当时希腊人对美的认识和标准所决定的，正如莱辛在《拉奥孔》中自己所述："雕刻家在既定的身体痛苦的情况之下表现出最高度的美。身体痛苦的情况之下的激烈的形体扭曲和最高度的美是不相容的，所以他不得不把身体的痛苦冲淡，把哀号化为轻微的叹息。这并非因为哀号就显示出心灵不高贵，而是因为哀号会使面孔扭曲，令人恶心。"莱辛的分析恰当地说明了希腊人关注的是人体的解剖结构，比例和谐和美的构思。那金字塔式的构图、富有变化的节奏、蛇的动律与曲线，四肢与躯体的动感造型，这些已足使这尊雕刻群像是古典美高不可及的范本。

4 喝狼奶的孩子

罗马帝国于公元前 146 年征服希腊，对希腊的一切崇拜已极，而且把自己的建国历史也拉扯到关于特洛依战争的希腊神话中去。

特洛依神人混战 10 年，希腊人巧用木马计战败特洛依，于是烧杀掠夺，血流成河。在混战中，无数英雄死于沙场，爱神阿芙罗底德与特洛依王安喀塞斯所生的儿子，英雄的埃涅阿斯幸免于难，逃出特洛依，最后流浪于台伯尔河岸的拉提努斯王的领地。国王接待了这个可怜的流浪儿，当国王知道这孩子出身于名门贵族时，就把女儿许配给了他，于是埃涅阿斯继承了王位，并在死后由子孙世袭王位。当王位传到努弥托耳时，兄弟俩发生内讧，努弥托耳王位被弟弟阿穆利乌斯所推翻，努弥托耳的女儿阿里·西尔维亚被送到神庙作贞女。但阿里·西尔维亚却被罗马战神马耳斯看中，怀孕后生下一对双胞胎，这是破坏贞女戒律的行为，被判以死刑，两个孩子也被判决投入河中。但因奉命去处死孩子的奴隶动了恻隐之心，把孩子放在一只不漏水的篮子里，顺着台伯尔河边浅水放下，篮子漂到一座叫马拉提努斯的山脚下，被一棵无花果树

虽然魂归地府,仍在偎依谈心(赤陶棺上的夫妇像)

母狼的奶水救活了一双孪生兄弟,才保存了罗马的后代,狼
是罗马人的大恩人(青铜母狼像)

的树枝钩住，一受震动，孩子醒了，哭声惊动了一只下山来喝水的母狼，母狼见这两个孩子，非但未吃他们，反而把兄弟俩带到山上，以狼奶喂养，救活了这对可怜的兄弟。后来国王的牧人在山上找到了这两个孩子，把他们带回交给国王，国王把两个婴儿交给妻子抚养，并给他们分别起名叫罗慕路斯和勒莫斯。兄弟二人长大之后，力大无比，当他们知道自己身世之后，杀死了阿穆利乌斯王，救出了自己的祖父努弥托耳，仍立其为王。兄弟俩在从小长大的巴拉提努斯山下另立新城。但在新城命名时，两人发生争执，双方求助神示，神决定由罗慕路斯来命名新城，弟弟不满，双方格斗，罗慕路斯杀死勒莫斯，城名便叫罗慕路斯，后来称为罗马。古罗马大诗人维吉尔在长诗《伊尼特》中记载了这个神话。公元前 6 世纪伊特鲁里亚人曾用青铜铸造了一尊《青铜母狼像》，16 世纪，有人在母狼的腹下添了罗慕路斯与勒莫斯正在吃狼奶的雕像，流传至今。

狼在希腊神话里是残忍的吕卡翁王变的，它一直是狡猾残忍的象征，唯独在罗马传说中，狼是罗马的大恩人。这尊雕像把狼的外表凶残内心仁慈的特征作了生动的刻画。母狼的警觉与威严象征古罗马人的坚毅冷峻的民族性格，古罗马人或许正是这种性格，创造了古罗马历史的灿烂辉煌。

公元前 5 世纪，雅典已进入鼎盛时期，而罗马只不过是一个并不太大的村庄。公元前 4 世纪建立了共和国的政府形式。由于罗马人具有不屈不挠的性格和自强不息的精神，促使它飞速发展。到公元前 2 世纪初，罗马人不仅占领了意大利半岛、西西里、撒丁和科西嘉岛，而且把迦太基在法国和西班牙的殖民地也占为己有。公元前 151 年，又征服了迦太基及其北非领土，3 年后合并了希腊。公元前 31 年罗马首领屋大维征服埃及，公元前 27 年，屋大维接受元老院封为奥古斯都 (崇高至圣之意)，成了罗马历史上第一位皇帝。继后直到图拉真(117－138)和安东尼(138－192)时，罗马帝国

的疆土从幼发拉底河到大西洋，从北非到苏格兰。昔日的小村庄如今成了所谓"条条大道通罗马"。

罗马从登上历史舞台开始，由于地域的广阔和种族上的纷繁，以及罗马人具有宽容各种生活习惯、方式的雅量，从而使罗马成了古代西方世界的文化中心和东西方民族文化交融和传播的纽带。特别是在罗马征服了希腊之后。推广希腊文化比较方便，因此罗马美术总的来说，是希腊艺术的继承和发展。但由于罗马统治者忙于军事扩张，没有精力发展自己的文化，因此就把适合自己需要的希腊古典文化当作自己的文化，同时在罗马版图中，大多数是希腊化的国家，流行希腊语，实行希腊教育，欣赏的也是希腊艺术。但由于罗马帝国的特点，它的艺术在服务对象和表现手法上，也有不同于希腊艺术的个性特点。

1. 为了满足少数贵族的需要，表现贵族生活的豪华，决定了它的艺术成了宣扬个人权威和满足私欲的工具。

2. 由于军事扩张和贵族追求生活豪华享乐，罗马艺术不像希腊艺术那样富于想象，而是讲究实际，追求写实化。

3. 基于写实的要求，罗马美术重视对人物个性的刻画，特别是通过对眼神的刻画来表达人物性格和心理状态。

4. 在形式上更加追求豪华，精美与装饰化。

罗马美术一般可分为：共和国时期，罗马帝国时期与罗马后期。共和国时期，通过建筑斗兽场、集议厅和别墅、浴室等来为少数贵族服务。在雕刻上追求酷似的个性描写，表现了他的艺术具有实用与写实相结合的特点。罗马帝国时期是罗马艺术的黄金时代，总的特点是在希腊艺术的基础上，通过塑造健美的形象来美化自己。罗马后期社会危机四伏，动荡不安，艺术上往往通过漠然无力的形象塑造来表达人们对现实世界的静观心理。

罗马人在建筑方面，他们已不像希腊人那样把绝大部分精力和智慧都

高大威严的罗马首领，表情
严峻、气势超人（奥古斯都像）

古罗马元老院中的众参议员及神怪

贵族们在此作
，奴隶们在此丧
。(罗马科洛西姆
形剧场)

罗马科
洛西姆圆形
剧场(局部)

好大喜功的皇帝自己树碑立传(图拉真纪功柱)

用来建造神庙和祭典等供神场所，而是把注意力转向城市建设，如建造剧场、竞技场、浴室、法院、下水道、桥梁以及集议厅和私人别墅等等。例如建于公元 75－80 年间的科洛西姆演技场，就是一座庞大的专供娱乐的场所。演技场直径为 188 米，高 48.5 米，可容纳 5 万多观众。在同一时间可以容纳 3000 对角斗士同时上场。奴隶主贵族和罗马军人为寻求刺激到这里来观看奴隶与野兽搏斗或奴隶与奴隶相互厮杀。据说从剧场落成庆典之日起，百日之内活杀牲畜 9000 头，至于死于非命的奴隶角斗士就不计其数了。这种极端野蛮的娱乐活动，也许正像罗马神话中所说，罗马贵族因喝过狼的奶才有如此残忍的欣赏雅兴。对这种野蛮的娱乐活动，当时就遭到不少人反对，据说两个犬儒学派的人和一名基督徒当时曾在竞技场捐躯，以示抗议。

为了纪念帝王的功勋，在帝国时代又兴起了两种建筑物，即凯旋门和纪功柱。这两种建筑物就欧洲造型艺术来说，多为首创，关于凯旋门有建于公元 81 年，用以纪念战胜犹太人的《提度帝凯旋门》和建于公元 113 年战胜达西亚人的《图拉真帝凯旋门》。纪功柱主要有《图拉真纪功柱》和《马尔苦斯·奥里略纪功柱》，其中《图拉真纪功柱》是为纪念图拉真皇帝征服达西亚的英雄战绩而修建的，柱身环绕着长达 200 米的饰带浮雕，绕柱 23 转，全部画面表现当年图拉真率军跋山涉水、鏖战不息的战斗经历，它是这位好大喜功的皇帝为自己树碑立传的见证，也是至今仍保存完好的罗马建筑残迹之一。

罗马建筑的豪华，发展到奥古斯都的后继者——尼禄元首，曾下令为自己建造一座"金宫"，这座"金宫"座落在罗马中心，是一座庞大的建筑群，里面的装潢全用黄金和名贵石块作材料，餐厅天花板，全部用象牙镶嵌，可见已竭尽奢侈享乐之能事。

罗马建筑在建筑结构上比希腊建筑也有所发展。一是罗马人在希腊三

种柱式基础上又创造了两种柱式，"那塔斯干式"（与多利亚式相似，增加柱基，柱身无槽）和"复合式"（依奥尼亚式与科林斯式结合在一起），并掌握了拱卷的技术。二是发明了天然混凝土，使一些新的建筑结构得以实施。例如建于罗马皇帝哈德良时代的罗马万神庙，就采取好像一个巨大的穹顶半球盖在那圆形墙壁上，形成一个球形空间，屋顶中间不需任何支撑物，这种结构离开混凝土灌制是不可能实现的。

5 死去的"活人"

罗马人在频繁战争与人际纷争的社会里，养成了一种务实精神，他们不像希腊那样浪漫和充满幻想，创造不出象"荷马史诗"那样神人交织的神话传说，但却在艺术中创造了一种严峻的写实主义典型风格。这种风格在雕塑艺术中体现得尤为明显，酷似真人，具有强烈的个性特征，以及趋向于一种个人意志的抒发，这是罗马雕刻追求体现的一种时代风尚。这种风格的形成追根寻源是来自伊特鲁里亚人的丧葬习俗。

公元前 1200 年之际，当埃及、两河流域与爱琴海地区的古代文明已高潮迭起，而亚平宁半岛上散居着的一些土著人还在幽暗的帷幕之中，直到公元前 800 年才向青铜时代挥手告别。这时雅利安人南下定居，希腊人也漂洋过海来到意大利南部和西西里岛开拓殖民。与此同时，另一支民族也渡海踏上了这片土地，他们从雅利安人手中夺过台伯河以北的大片土地，这就是被称为西方"历史之父"的伊特鲁里亚人。

伊特鲁里亚人并没有形成统一的民族，12 个城邦君主各自为政，建造坚固的城堡，吸取希腊文化，因此也曾一度强盛辉煌。公元前 5 世纪，逐渐强大的罗马人不断骚扰伊特鲁里亚，公元前 264 年伊特鲁里亚亡于罗马。因此罗马人在伊特鲁里亚的废墟上，重振了伊特鲁里亚人的造型艺术。

　　伊特鲁里亚人对死亡的观念不同于埃及，也不同于希腊。埃及人视死亡为灵魂出走，希腊人认为死亡是恶运附身而导致毁灭，伊特鲁里亚人却把坟墓看成灵与肉的共同归宿。他们并不忌讳死亡，认为死者同样可以享受世间的恩爱欢乐。因此他们采用火葬。葬仪十分简单，把死者骨灰放置在一个开有窗户的陶质容器内，然后随同死者的用具如男子的武器、女子的首饰等埋在土坑里就算完事了。不过尽管他们丧葬很简单，但有一个习俗，即人死时，要把死者的面具拓下来，制成面模，存放在灶神的龛里，供祭祀之用。到了罗马时代，不少贵族家庭，也愿意从死者脸上翻制面模，然后借此面模再雕凿成大理石肖像。这种雕刻肖像唯一的标准就是要求酷似。例如在伊特鲁里亚人的坟墓里，发现一个长近 2 米的陶棺，陶棺上有　对陶制夫妇卧像，他们偎依并坐，背有靠垫，相互比划着手势，神色庄重，好像在诉说什么。形象栩栩如生，真是一对死去的活人。这种酷似的风格一直沿袭到罗马时代。如罗马雕塑《手持祖先像的贵族》为一大理石肖像雕刻。中间的贵族，两手托着自己祖先头像，形象都十分逼真。不过罗马雕刻家在对照面模抄袭肖像的技巧娴熟之后，不用面模，也可以把活人雕刻得十分真实，这种特征一直保持到罗马雕刻的全盛时期，尽管到了奥古斯都时代，罗马雕刻增加了希腊雕刻的理想化成份，强调个性特征以及追求个人意志的抒发，但写实要求还一直贯穿于罗马艺术之中。例如作于公元前一世纪左右的《奥古斯都像》，不仅手法写实，外表肖似，而且表现了这位罗马"首席公民"的威严与高大。

　　奥古斯都即恺撒的养子屋大维，他在公元前一世纪罗马国内平民与贵族矛盾十分尖锐的形势下，击败了联盟者安东尼之后，实行独裁统治，使罗马步入帝国时代。这位罗马最高统帅，要求雕刻家把他当作英雄来塑造。只见他左手握权杖，右手朝前高举，似在训话。身披盔甲，身体魁梧，表情严峻，表现了一种超人的气势。为了反衬奥古斯都的高大，身下还塑造了一个

带有双翼而无眼珠的小天使丘比特形象，据说这个小爱神是根据他的孙子的形象塑造成的。这尊雕像已把人物形象理想化，据说，雕像的表面还残留着金、青、褐、黄、紫等色斑，可以想象当年落成时，这尊雕像曾穿金挂紫，绚烂辉煌，充分表现了那种尊贵的王者气派。另一尊雕像《高发髻的女人》虽然只是一座头像，但不亚于奥古斯都全身像，甚至更加精彩。这尊雕塑形成于公元1世纪末弗拉维执政时期。肖像除遵守严格的写实原则之外，还注意人物的性格与心理上的微妙变化。雕像通过人物发卷上的复杂的凹凸造型，来反衬柔润光洁的妇女脸部，并以漠然冷淡的眼神和颈项的微转来表现这位罗马的大家闺秀那种含蓄、傲矜、自私的心态和性格。这个时期，由于雕刻家们仔细研究了云石的表面的微妙变化，注意在明暗光影映衬下的生动效果，通过凹凸的发卷来和光滑的面部形成色彩性对比，因此史称"弗拉维色彩主义"。

罗马艺术成熟后期，在伊特鲁里亚流行面模艺术的基础上追求表面酷似的罗马早期雕刻，已发展到既强调写实，又注重刻画的深度。依靠面模制作肖像的方法早已不存在了。这时很多贵族都想请雕刻家为他们塑造肖像。只可惜后来中世纪毁灭希腊、罗马艺术品，除极少数著名历史人物的肖像以外，留下来的作品就非常之少了。《庞培头像》这尊大理石头像是幸存者之一。庞培是古罗马的军事首领之一，是罗马另一军事首领恺撒的女婿，早年曾残酷镇压过历史上最伟大的斯巴达克奴隶大起义，是一个双手沾满奴隶鲜血的刽子手。雕刻家在塑造他的头像时，通过一双半睁半闭的小眼睛，刻画了这位历史人物的品质和勃勃野心。另一尊《卡拉卡拉》头像，也是一尊典型的性格肖像，这是一位生性残暴，横征暴敛的帝王，曾杀死了自己的弟兄和他身边的不少大臣，终因积怨太深，被自己的护卫军长所杀。肖像呈方形脸庞，紧锁双眉，瞳孔深凹，目光逼人，嘴角露出疑惑，把这位暴君复杂的内心世界揭露得淋漓尽致。

①时髦的高发髻女人

②杀人的刽子手，长着一双半睁
半闭的眼睛(庞培头像)

③目光逼人的卡拉卡拉头像

105

目光半隐半现,帝王气概荡然
无存。(奥里略骑马塑像)

古罗马统治者奥里略骑马的塑像

　　罗马后期，政治上危机四伏，军事上走投无路，社会动荡不安，使古希腊唯心主义哲学斯多葛学派再度在罗马兴起。这一学派宣扬宿命论思想，这与衰落时期的罗马贵族真是一拍即合。公元2世纪罗马元首马尔苦斯·奥里略就是斯多葛学派的崇拜者和阐释者，他曾写有劝戒人们冥思反省、无为而终的启示录——《默思录》，劝戒人们去平心静气地等待死亡。《奥里略骑马像》就生动地反映了这位处于衰落动荡时期的罗马帝王的静观心理，昔日的罗马帝王那种不可一世的气概已荡然无存。奥里略在坐骑上虽然仍呈指挥手势，但已失去了统帅那种威风和神气。它给人以平静感，似乎在对人们进行劝戒。特别是面部表情，彷徨而惆怅，目光半隐半现，漠然无力，充分说明这是时代特征打在他身上的烙印。

　　尽管罗马雕刻的风格随着历史的发展也在改变。但受伊特鲁里亚影响，写实风格始终未变，从表面酷似到心灵真实，栩栩如生的人物雕像，似乎让这些长眠了几千年的古罗马风云人物，依然还活在现代人的眼前。

6
被火山埋没的人间别墅

　　在那不勒斯海边，有一座古城，这里风光如画，气候宜人，是休闲避暑的好去处。这个古城就是庞贝城。公元前82年罗马统领苏拉占领庞贝，当时战事连绵不断，军中不少老兵被安置在这里，通过扩建，这里成了众多贵族向往的地方。不少有钱的贵族来到这里，修建别墅和私人花园，在这里安度晚年。因此美丽的庞贝城一度成了人间的天堂。但公元63年庞贝发生了一次大地震，损失惨重。16年后，维苏威火山爆发，火山喷射出来的岩浆把南部几公里的庞贝城以及山脚下的赫库兰尼姆城，全部埋在8米至30米深的落石与岩浆之下。美丽的人间别墅和这里的贵族、平民也统统被这次火山埋于地下。19世纪俄国画家布留洛夫曾创作了一幅油画《庞贝的末日》描绘维

苏威火山爆发，画面火光冲天，塑像和建筑物纷纷倒落，人们惊慌失措，一片惨不忍睹的景象，再现了当年火山爆发时的真实情景。18世纪40年代，人们对庞贝城开始进行大规模发掘，终于使这座沉睡于地下上千年的古城重见天日，如今这里建起了博物馆，精美的壁画和工艺品展现了昔日庞贝的辉煌。特别是壁画，保存完好，色彩鲜艳如初，风格写实，技巧熟练，堪称古代杰作。

在庞贝壁画中，学者们一致认为，《结婚图》和《狄俄尼索斯秘仪图》是罗马时代模拟希腊公元前4世纪的作品。《结婚图》对婚礼上各类人物的性格描绘极为生动，这里有新郎的欢乐，新娘的羞涩，女友的劝慰，女祭司的严肃，众多人物安排有序，情节生动，人物性格栩栩如生。

《狄俄尼索斯秘仪图》绘制在一所别墅内，墙壁上画满了希腊人崇拜的酒神狄俄尼索斯及有关形象。人物众多，呈横向排列。有酒神狄俄尼索斯和妻子阿里阿德涅，有半人半羊的萨提儿，还有许多参加膜拜酒神秘仪的凡人，少女、儿童、老妪等等。据说这种秘祭仪式要经过某种肉体的痛苦考验才能通过。因此图上表现了这一仪式的全过程。其中有被鞭打、折磨的裸女形象，有一少女披散头发，匍伏在神的面前失声痛哭，似乎已经历了肉体的受难考验。紧张、惊骇的情节和神秘的气氛，扣人心弦。

庞贝壁画题材十分广泛，有神话题材、宗教故事和世俗生活。此外还有风景，其中一幅风景画绘有花园、湖泊、古堡、墙垣和立柱。并以神话故事中的人物点缀其间。画中央立一株大树，枝繁叶茂，抒情典雅，意境幽深。

表现世俗生活题材以嵌石画《亚历山大伊索斯之战图》最为代表。这幅画描绘公元前333年马其顿王亚历山大率军在地中海的伊索斯城与波斯皇帝大流士三世的大军会战的情景。这一著名战役，亚历山大把波斯皇帝大流士三世打得惨败而逃，皇帝的母亲和妻子被俘，作品抓住敌人即将溃败时激烈交战的情节，突出了胜利者的形象，亚历山大骑一红色骏马，英俊

酒神的膜拜，狄俄尼索斯秘仪图

炽热的爱变成了切齿的恨，美狄亚杀子，是为了报复失去了丈夫的爱情(苦闷的美狄亚)

威武，而失败者大流士三世内心郁恨，祈求和解。画面长矛如林、人马纷乱，一片紧张激烈的酣战气氛。据推定这幅嵌石画是根据亚历山大时代著名画家尼柯马霍斯的弟子菲洛珊努斯的原作摹制的。

以神话为题材的壁画以赫尔库朗涅牟出土的驰名壁画《苦闷的美狄亚》最为生动。

《苦闷的美狄亚》取材于希腊神话"金羊毛的故事"：美狄亚是柯尔喀斯国王埃厄忒斯的女儿，国王有件国宝金羊毛，为防止偷窃，日夜派巨龙看守。有一个青年叫伊阿宋，他在伊俄尔枯斯当国王的伯父珀利阿斯的命令下，扬帆去柯尔喀斯国去取金羊毛，当然他不可能取得金羊毛。天后赫拉知道后，决定派美神阿芙罗底德去帮助他，阿芙罗底德施爱术使埃厄忒斯国王的女儿美狄亚爱上伊阿宋。美狄亚被爱情驱使，使巫术让看守金羊毛的巨龙昏睡，于是伊阿宋得到了金羊毛，尔后他们双双逃出柯尔喀斯，半路上美狄亚的哥哥追来，美狄亚为了爱情不惜施巫术害死了自己的哥哥。最后他俩结了婚，并生了两个小孩。这时伊阿宋却爱上了别的姑娘，美狄亚真是悲痛欲绝，就在伊阿宋决定赶走美狄亚的前夕，美狄亚把对伊阿宋炽热的爱变成了切齿的恨，他杀死了丈夫的情人父女，又杀死了自己的两个孩子，然后坐着飞车，飞驶而去。这是一个惨不忍睹的悲剧。画家抓住了她在杀死亲生骨肉后的瞬间情节，那支杀死亲人的剑依然在手，姿态和表情流露出万分痛苦和悲愤。画家抓住了悲剧的高潮，给美狄亚画了一幅深刻的心理肖像画。

从以上这些作品，不仅可以看出罗马绘画艺术的高度成就，而且也证明了希腊艺术对罗马艺术的深刻影响。罗马艺术是希腊艺术的继承和发展。

和平祭坛上庆祝和平(古罗马)

装帧设计	朱成梁
英文翻译	薛　晨
图片翻拍	于安东
内文插图	胡　妮
责任编辑	谢丽君

远古之谜——蓝色画廊系列

西方美术史丛书

江苏美术出版社出版发行

（南京中央路 165 号　邮编：210009）

江苏省新华书店经销

江苏新华印刷厂印刷

（南京中央路 145 号，邮编：210009）

开本 787×1092　1/32　印张 3.5

1999 年 6 月第 1 版　　1999 年 6 月第 1 次印刷

印数：1 - 8000 册

ISBN 7 - 5344 - 0886 - 5

J·887　　定价：9.60 元

江苏美术版图书若有印装错误，可向承印厂调换

埃及开罗埃及博物馆